初恋王子の甘くない新婚生活

WAKI NAKURA
名倉和希

CHOCOLAT BUNKO

ILLUSTRATION 尾賀トモ

CONTENTS

フィンレイの初恋は十歳のときだった。

あの日のことは、何年たっても鮮やかな記憶として残っている。

ラッパの音が高らかに鳴らされ、小さい太鼓《たいこ》が軽快なリズムを刻む。大きな太鼓が地響《じひび》きのような音で打ち鳴らされると、籠《かご》に押しこめられていた白い鳩《はと》たちが一斉《いっせい》に解き放たれた。

「わあ……」

フィンレイは居並ぶ兄弟姉妹たちとともに、白い鳩を目で追う。鳩たちは青空をくるくると飛び回り、やがて吸いこまれるように高みへと上っていった。

歴史ある大国、フォルド王国の第十九代国王の即位二十年を祝う行事は華々《はなばな》しく、まだ十歳の少年で国政のなんたるかも知らないフィンレイですら、何百年も続くこの国の威厳《いげん》と豊かさを感じた。

目の前に敷かれた赤い絨毯《じゅうたん》の上を、王国の重鎮《じゅうちん》たちが順番に通っていく。黄金と宝石で飾り立てられた玉座《ぎょくざ》に腰を下ろしているのは父王。重鎮たちは宰相《さいしょう》に役職名と氏名を読み上げられ、王に祝いの言葉を述べる。その中には、自治権を持つ領地を統《す》べる領主《りょうしゅ》たちもいる。

「ディンズデール地方領主、フレデリック・ディンズデール殿」

ぴんと背筋を伸ばした偉丈夫《いじょうふ》が、フィンレイの前を颯爽《さっそう》と通り過ぎた。白い礼服が恐ろしく似合う金髪碧眼《きんぱつへきがん》の若い男から、フィンレイは目が離せなくなる。

まだ二十代半ばと思われるフレデリックは、臆《おく》することなく堂々とした所作で王の前に跪き、素晴らしくよく通る声で祝いの言葉を述べた。フィンレイの長兄と同世代だろうに、フレデリックの方により多く威厳が備わっているように見えるのはなぜだろう。

すらりと背が高く、手足が長い。この大広間にいるだれよりも素敵だった。

（カッコいい……）

光り輝いて見えるフレデリックの姿に、フィンレイはうっとりと見惚れた。

（こんな人がいたなんて）

あとで知ったことだが、王国内でも一、二を争うほど豊かなディンズデール地方は、毎年多額の税を王国に納めていた。長年の善政が領民を心穏やかにさせ、王家をよく敬っている。ディンズデール家は王のお気に入りだった。

さらに独身のフレデリックの私生活は、貴族のあいだでは注目の的になっているらしかった。

ささいな噂でも、彼に関することが耳に入ればフィンレイは嬉しかった。

フレデリックが若くして領主の地位についたのは父親の急死によるのだとか、嫁いだ姉が病《やまい》で亡くなったため甥《おい》を引き取って育てているだとか、弟が領地内の貴族の娘と婚儀を挙げて翌年には双子の男児が生まれただとか、しかしその弟夫婦は馬車の事故で亡くなってしまい双子を引き取っただとか。

大人たちがお茶を飲みながらわいわいと話す内容を、フィンレイは一生懸命《いっしょうけんめい》に盗み聞きしてフレデリックの情報をすこしでも仕入れようと努力した。

いままで国の行事は退屈なだけで、フィンレイにとって、王城からの呼び出しの書状は苦行の開始を告げる忌々《いまいま》しいものでしかなかった。母親の実家でのびのびと育てられていたフィンレイは、自分の肩書きが王子であることになにか意味があるとは思えなかった。

けれどフレデリックを知ったこの日から、国の行事が楽しみでならなくなった。彼に会えれば、ちらりとでも見かけることができれば、フィンレイはその後一か月は幸せな気分になれるのだ。

できればフレデリックと言葉を交《かわ》したかった。しかし、その機会にはなかなか恵まれなかった。大臣たちに知り合いがいたら、仲介してもらって話すことができたかもしれないが、そんな政治力などない。舞踏会《ぶとうかい》で気さくに話しかけようにも、彼に目をつけた異母姉妹たちが取り巻いて壁を作ってしまい、後ろの方で眺めていることしかできなかった。

王族内でのフィンレイの立場は最弱だ。

母親が貴族でないため王位継承権がないフィンレイは、絶世《ぜっせい》の美貌《びぼう》を誇るわけでも、飛び抜けて優秀な頭脳を持つわけでも、なにか特技があってたくさんいる王子王女の中で目立っているわけでもない。母親似で小柄、童顔、頭脳も芸術的才能も平均的なフィンレイは、その他大勢の王族の中に埋没《まいぼつ》していた。

　フィンレイだけの特徴をあえて挙げるとすれば、ちょっとだけ運動神経がよくて、黒髪黒瞳であることだろうか。母方の曾祖母《そうそぼ》が南国の生まれで、その地方には多いが王国には少ない色だった。王国の一般庶民の髪と瞳の色は、ほとんどが茶系だ。フィンレイの漆黒は珍しい。しかし、それだけだ。

　眩しいほどに美しい愛妾《あいしょう》たちから生まれた兄弟姉妹たちは、みな綺麗だった。容姿の格差は歴然としていた。だから国の行事に出席しても、いいことなどなにもなかった。むしろ孤独を感じて惨《みじ》めな気分になるだけだったので嫌いだった。

　ただフレデリックを一目見たいがために、行事に参加し続けて六年。

　十六歳のときにやっと直接言葉を交すことができた。新年の行事で、フレデリックの方からフィンレイに声をかけてくれたのだ。

「フィンレイ殿下、今年、成人を迎えられると聞きました。おめでとうございます」

　王国では十六歳で成人とみなされる。五番目の王子までは成人の祝いを王家が大々的に執《と》り行《おこな》ったが、それ以降はとくにない。十二番目の王子であるフィンレイは当然のごとくなにも企画されなかった。それ自体に思うところはなく、母と祖父母が親族を集めて祝いの会を開いてくれると聞いて、楽しみにしていた。

　まさかフレデリックが祝いの言葉を贈ってくれるとは、思ってもいなかった。

突然のことに驚いてしまい、フィンレイはあとで地の果てまで落ちこむくらい、どもってしまった。

「あ、あ、あありがとうございます」

「殿下は王城ではなくお母上のご実家で暮らされていると聞きました」

「は、はい、そうです。自由に、させてもらっています。あの、でも、勉強はちゃんとしています。その、これでも王子ですので、王国のことは知っておかなければと」

「素晴らしい心がけですね」

優しく微笑みかけられて、フィンレイは天にも昇る心地になった。

会話はそれだけだった。それ以降、話す機会は持てなかった。けれどフィンレイの心の中には、いつもフレデリックがいた。

その後も王城から書状が届くのを心待ちにし、年に数度だけ姿を見ることができるフレデリックに胸をときめかせ、フィンレイは大きくなっていった。


高い木の枝で、山鳥が羽を休めている。丸々と太った、手頃な大きさの鳥だ。

フィンレイは猟銃《りょうじゅう》の銃床《じゅうしょう》をしっかりと肩につけ、片方の目で銃身の上に取り付けられた照準器に山鳥を合わせた。山鳥はこちらにまったく気づいていない。呼吸を整え、フィンレイは気負うことなく、引き金にかけた指を引いた。

パーン、と山々に銃声がこだまする。放った弾が山鳥の目に命中したのを、フィンレイはしっかりと見届けた。すぐに銃身に繋《つな》いだ負い紐を肩にかけ、落ち葉が積もった緩やかな斜面《しゃめん》を確かな足取りで駆けていく。撃ち落とした山鳥を見つけて拾いあげた。

「今夜の食事はこれだな」

ふふふ、と笑みがこぼれる。すでに鹿も仕留めてあり、山小屋でフィンレイの狩りの師匠である猟師が血抜きしてくれているはずだった。

十八歳になったフィンレイは、あいかわらず母親の実家で暮らしながら王子としての最低限の教育を受け続けており、休みの日には祖父母の商《あきな》いの手伝いをしたり、猟師に狩りを習ったりして、気楽に毎日を過ごしていた。

銃による狩りは好きだ。小柄で非力なフィンレイでも、かなりの結果を出すことができる。これが剣だったら悲惨の一言に尽きる。王子として剣技も習ったが、銃ほどには向いていないことがわかっただけだった。

ご機嫌で山を下りていき、小屋に到着する。すると初老の猟師の横に、自宅の使用人がいた。フィンレイの身の回りをしてくれている男だ。

「ああ、やっと帰ってきましたか、殿下」

「なにか急ぎの用事？　夜には帰るって言ってきたけど……」

「王城から書状が届いています」

「えっ、いまの時期って、なにか行事があったっけ？」

「なかったと思います。おそらく行事の案内ではなく、呼び出しではないでしょうか」

「僕、なにかマズいことしちゃった？」

「さあ、どうでしょうね」

使用人の男は懐《ふところ》から封書を出し、差し出してきた。封蝋《ふうろう》がしてある。まだだれも開けていない証だ。用意のいいことにペーパーナイフも持参してくれたようで、使用人が差し出してくる。それを使って開けてみたら、本当に呼び出しだった。

「大変だ、王城に上がらなくちゃ。手紙を受け取ったらすぐに来いって書いてある」

「なんですって？　すぐに？」

ぎょっとした使用人とともに、フィンレイは急いで山小屋を出て、休ませていた馬に跨《また》がった。猟師が「獲物はどうします？」と聞いてくるので、「好きにしてくれていい」と言い捨てて、まず着替えるために自宅へ向かった。

フィンレイは大国の王の子として生を受けた。王の子は、生まれた順番だけでなく母親の身分によって位が左右される。フィンレイの母親は平民だった。一時の戯《たわむ》れで平民の娘に手を出しただけだったこともあり、生まれた子に王は関心を示さなかった。

しかし母親の実家が王都で商いをする大店《おおだな》だったことと、国が豊かで養育費が適切に払われていたことで、フィンレイは経済的に不自由なく育った。

祖父母宅で暮らしていたフィンレイにとって、王城に住む父王や、王太子の長兄は遠い存在だった。行事のたびに顔を合わせて言葉を交すが、身近に感じたことはない。国が定めた成人の年齢をこえても、なんら役職に就く話もないため、ほぼ忘れ去られた王子なのだろうと、フィンレイ自身のみならず母親も祖父母も思っていた。

それならそれでいい、祖父母の商いを教えてもらい、母親と二人で引き継いでいけば、とりあえず生活していけるだろうと楽天的に考えていた。

ところが――。

急ぎ、王城に上がったフィンレイは長兄である王太子、ウィルフから思いもよらない話をされて驚いた。

「僕が、結婚……ですか？」

ウィルフは「そうだ」と鷹揚に頷く。唖然《あぜん》として、フィンレイは十八歳も年上の長兄を穴があくほど見つめた。

父王の正妃が産んだウィルフは、フィンレイとまったく似ていない。三十代半ばになるウィルフは父王に似てがっしりとした骨格をしていて、肌は浅黒い。二十歳で結婚し、すでに三人の子供がいる。外見だけでなく精力的なところも父王に似たらしく、後宮には二人の愛妾を住まわせていた。

「おまえももう十八だろう。早過ぎることはない」

ウィルフは最近、腹が出てきたことが悩みらしいが、それをうまく隠す、ゆったりとした意匠の服を着ていた。薄毛も気になりだしたようで、しきりに薄茶色の髪を触っている。癖になっているようだった。ぜんぜん結婚話には関係ないのに、フィンレイは「そんなに触っては余計に毛根の負担になるのでは」と心の中で呟かずにはいられなかった。

「喜ばしいことだ。この年まで許婚《いいなずけ》すらいなかった十二王子のことは、父上も気に掛けておいでだったのだ」

「はあ……そうですか……」

とってつけたような言葉に、フィンレイはぼんやりと頷く。気に掛けていたなら、なぜこの場に父王がいないのか。長兄に問いたくなったが、フィンレイは黙っていた。

結婚。

降って湧いた話に、まったく実感が湧かない。まがりなりにも王族なのだから、そのうちだれかが結婚話を持ってくるのだろうな、と漠然《ばくぜん》と思ってはいたが、実際にそうなるとなにも考えられなくなるものだとわかった。

フィンレイとしては、このまま放っておかれてもよかったのだ。ディンズデール地方の領主に恋をして、以来ずっと密かに恋心を温めてはきたが、いつまでも現実を直視できない子供ではない。王家が縁談を組むつもりがないなら、ここまで面倒をみてくれた祖父母のために、今後の商売に利益を生むような相手と結婚してもいいと、なんとなく思っていたくらいだ。

「えーと、それで相手はどこのだれですか？」

「フレデリック・ディンズデールだ」

「…………は？」

「聞こえなかったのか？　フレデリック・ディンズデールだ」

ぽかんと口を開けたまま硬直したフィンレイに、ウィルフはにやりと笑いかけた。

「驚いたか？　驚いただろうな。あのフレデリックだからな。おまえも顔と名前は知っているだろう？」

「し、知っています……二言、三言ですが、言葉を交したことがあります。ですが、兄上……僕は男です」

いまさらのことを言わずにはいられなかった。初恋の君との縁談に、手放しで喜べるほどお目出度《めでた》くはない。この国では、それなりの事情があれば同性間の結婚は許されている。けれど一般的ではない。いったいなにがどうしてこうなったのか。

「あの家の事情は聞いているか？　フレデリックは三十歳を過ぎても独身だが、姉の遺児《いじ》を引き取り、自身の後継者として国に届けを出している。さらに二年前、弟の子も引き取った。双子の男児だ。合計三人の男児を養育している。なぜ結婚しないのか知らないが、三人もいれば後継には困らないだろう」

「そうですね」

「ならば同性と結婚しても構わない」

すでに後継者がいる貴族や豪商たちのあいだで、子供が生まれないようにと同性で縁組することと――つまり、それなりの事情――は珍しくない。しかし、それがなぜフレデリックと自分なのか。

「あの、だれが最初にこの結婚を言い出したんですか?」

「それは重要な問題か?」

「……重要だと思います。まさか、ディンズデール殿が、僕を妻にと希望したわけではないでしょう?」

「私はそう聞いている」

「えっ、本当ですか?」

喜色が顔に浮かんでしまい、慌てて真顔に戻そうとしたができなかった。もしフレデリックがフィンレイを望んでくれたのなら、こんなに嬉しいことはない。あの素敵な人の正式な配偶者になるのだ。ドクドクと心臓が踊《おど》り出し、全身が熱くなってきた。

「どうやら、おまえは満更でもないようだな」

ニヤニヤと笑いながら眺められて、フィンレイは視線を避けるために俯いた。

「ディンズデール地方は風光明媚《ふうこうめいび》なところらしいぞ。豊富な水と肥沃《ひよく》な土地、それに良質な石材が特産だ。毎年、高い税金を納めながらも余裕がある暮らしぶりだと聞く。美味いものを食べさせてもらいながら、三人の育児を頑張ってこい」

「は、はいっ」

元気よく返事をし、フィンレイは背筋を伸ばす。

「輿入《こしい》れは一月後だ。準備しておけ」

「そんなに早く、ですか？」

王族と領主の結婚だ。たった一月で準備ができるのか疑問が浮かぶ。

「なんだ、不満か？」

「いえ、そんなことはありません。わかりました」

結婚、しかも自分が嫁ぐ。こうしてはいられない、すぐに準備しなければ――。でも、まずなにを？

フィンレイはドキドキわくわくと胸をときめかせながらも、予想もしなかった結婚話に、大いに戸惑ったのだった。

◇

「なんてことだ……」

　フレデリックは国王からの親書を一読し、思わず天を仰いだ。

「どうかなさいましたか、旦那《だんな》様」

　書斎《しょさい》の一角で今日届いた手紙の整理をしていた初老の男が顔を上げる。ディンズデール家の執事、ギルモアだ。

　今年六十歳になったとは思えないほど姿勢がいいギルモアは、見事な銀髪を一本の乱れもなく撫でつけており、光沢《こうたく》のあるグレーのジャケットにズボンを身につけている。背筋をまっすぐ伸ばしてフレデリックに歩み寄ってきた。

「読んでみろ」

「よろしいのですか。国王陛下からの親書では？」

「わがディンズデール家の一大事だ。執事のおまえが知らなくてどうする」

「失礼します」

　フレデリックから手紙を受け取ったギルモアは、眉間に深い皺を刻んだ。

「これは、旦那様に第十二王子のフィンレイ殿下と結婚しろという命令書ですか」

「そのようだ」

「なぜ突然、縁談なのでしょうか。しかもお相手は王子……。なにか予兆めいた動きはありましたか」

「そんなものはない。どうせ王太子の嫌がらせだ。ウィルフ殿下は私のことが嫌いだからな。私への最大の嫌がらせを思いついて、実行しただけだろう」

「……たしかに、困ったことにはなりますね……」

ギルモアがため息をつく。ディンズデール家に仕えて四十五年になり、数々の出来事を処理してきたギルモアでも、今回の縁談は「困ったこと」に分類されるらしい。それもそうだ。国王からの直々の縁談を、家臣であるフレデリックが断れるわけがない。

「輿入れの日取りが一月後と決められているのは、われわれに準備する時間を与えないつもりでしょうか」

「あの殿下が考えそうなことだ」

行儀悪く舌打ちし、四歳年上のウィルフの顔を思い浮かべて苦々しく思う。

断れない以上、王子を嫁として迎え入れなければならない。まず挙式はどうする。衣装はどうする。すべてこちらで整えなければならないのか？　王室と細々《こまごま》としたことをやり取りをしたくとも、王都との距離は早馬でも三日かかる。悠長に手紙をやり取りしていたら、一月などあっという間に過ぎてしまうだろう。

「私が王子を娶《めと》るのか……」

こんなこと想像もしていなかった。困惑しかない。

同性婚が貴族や豪商のあいだでは珍しくないとはいえ、フレデリック自身、同性を伴侶《はんりょ》にしようと考えたことは一度もなかった。そもそも女性と結婚したいと思ったこともないのだから。

フレデリックは領主の嫡男として生を受けた。頭脳と体格に恵まれ、さらに領地は豊かとくれば、成人を迎える前から縁談が引きも切らずに両親のもとへと舞い込むのは当然だっただろう。

早々に婚約者を決めておけば混乱は避けられたのかもしれないが、善良な両親はフレデリックの意向を最優先したいからと、幼児期に勝手に相手を決めることはしなかった。

その結果、思春期を迎えた頃からフレデリックはあまたの女性たちから猛烈なアプローチを受けることになった。社交の場に出向けば着飾った女性たちに囲まれ、無理やり酔わされて既成事実を作ろうと画策《かくさく》されたこともあった。

女性にうんざりしていた頃、姉ベアトリスが王都に留学しに来ていた地方の貴族と出会って恋に落ち、結婚して男児をもうけた。親子三人、仲良くディンズデール領で暮らす光景は幸せそのもので、ベアトリスはたくさん子供を産みたいと言っていた。それを聞いたフレデリックは、自分が女性とのあいだに子供をつくらなくても、いざというときはベアトリスの子を一人養子に迎えればいいと安直なことを考えた。

そんな愚かなことを考えたせいだろうか、姉はその後、病に倒れて還らぬ人となってしまった。

　姉の夫は愛する妻を亡くして悲嘆に暮れ、息子をフレデリックに託して地元に帰ってしまった。いまでは再婚して、あらたな家庭を築いていると聞く。

　フレデリックは責任をもって甥を育てると、姉の墓前に誓った。そのライアンはもう九歳になる。優秀な家庭教師をつけているし、剣技と乗馬の練習もはじめた。なかなか筋がいいと、褒《ほ》められている。

　二年前には弟の子供も引き取った。不幸な事故によって両親を亡くした双子の男児は、四歳になっている。ギルモアをはじめ、ディンズデール家に仕える者たちが愛情をかけて面倒を見ているため、三人ともちゃんと育っていた。

　一年前には、ディンズデール家の後継者はライアンと、国に届けを出した。

　それをウィルフは当然知っているだろう。だからこそ、第十二王子という、ほとんど厄介者のような王子を押しつけてきたのだ。

「フィンレイ殿下か……」

「どんな方ですか？　旦那様は当然、お会いになったことがありますでしょう？」

「どんな方だったかな」

　国王の子供は多い。王子だけで十五、六人はいる。だれが十二番目だっただろうか、と記憶を探る。黒髪黒瞳の王子がいたことを思い出した。

「あの黒髪黒瞳の王子が十二番目だったような……。たしか、母親が平民で市井《しせい》育ちの」

「市井育ちですか。十二番目ともなると、そういうことがあるのですね」

「あとは思い出せない」

「肖像画《しょうぞうが》を取り寄せましょうか。せめて背格好がわからないことには、わたくしどもは寝具や寝衣《しんい》、室内履きすら揃えられません」

「そうだな。肖像画はあった方がいいだろう。すぐ手配する。どの程度の嫁入り道具とともに輿入れしてくるのかまったくわからないから、とりあえず、挙式に必要なものはすべて揃えておいた方がいい。そうだ、衣装部屋に姉上が婚礼時に来た衣装が保存してあるだろう。あれを男性用に縫い直せばいい」

「新調しなくてもよろしいので？」

「そんな時間はないだろう？　現時点では、フィンレイ殿下の背格好すらわからないのだぞ。ある程度当日でも調節できるものに改良しておくことくらい、できるだろう？」

「やらせます」

「頼む」

忠実な執事と若き領主は顔を見合わせ、もう一度大きなため息をついたのだった。

突然、降って湧いたような話に動揺したのはほんの一時で、フレデリックは必要なことをギルモアに指示すると、その日の夕食後に三人の甥たちを居間に集め、自身の結婚を告げた。

「一月後、私は結婚することになった」

大きなソファにちょこんと並んで座っていた双子のジェイとキースは茶色の瞳をきょとんと丸くし、肘掛けに腰を預けるようにして立っていたライアンは青い瞳を眇《すが》めた。

「……そうですか」

ライアンはそっけなくそう答えただけで、なにも尋ねてこない。そろそろ思春期に片足をつっこむ時期になった甥は、なんとも扱いが難しい。この一年くらいで極端に口数が少なくなった。

逆に双子は興味津々といった表情で、「だれとけっこんするの？」「ここにすむの？」「どんなひと？」と矢継ぎ早に聞いてくる。

「相手は第十二王子のフィンレイ殿下だ」

さすがにライアンがぎょっとした顔をした。どうして王子と結婚することになったのか、自分たちを引き取ったのは最初から同性を娶るつもりだったからか、と疑問が渦巻いていることだろう。

だが、まだ九歳のライアンに、王太子との確執《かくしつ》や領主の立場について説くつもりはない。ましてや自分が異性を厭うようになった経緯など、話せる類《たぐ》いのものではなかった。

「じゅうに？　フィンレイでんかって？」

「ここでくらすの？　いっしょにごはんたべるの？」

「フィンレイ殿下は国王の息子だ。叔父上の妻になるのだから、ここでいっしょに暮らすことになるだろうね」

ライアンがジェイとキースに教えてやる。

「あそんでくれるかな？」

「どんなひと？　きのぼりできる？」

双子の目が期待いっぱいにキラキラと輝いている。

この双子はやんちゃ盛りだ。無尽蔵《むじんぞう》に体力があるのかと疑うほどに元気で、昼寝は満足にしないし勉強も嫌い。ナニーを心身ともに疲弊《ひへい》させて辞めさせるのが得意だった。

ディンズデール家の双子といえば城下で「ナニー殺し」として有名だと聞いたときは目眩《めまい》を覚えた。彼らはわずか二歳で両親を亡くし、伯父に引き取られるという環境の変化を経験した。哀れに思って甘やかし過ぎたかもしれない。

三人の甥たちはそれぞれが成長途中で手がかかるが、フィンレイに育児を任せるつもりはなかった。できるだけ近づけたくないとまで思っている。あの王太子の弟なのだから、悪い影響があったら困る。

嫁ぐにあたって王太子からなにを言い含められているかわからない。平穏な日々を過ごしているこの家にいらぬ波風を立てるつもりかもしれないし、領主の妻という立場をおおいに利用して浪費をし、財力を削ろうと画策しているのかもしれない。

フレデリックはフィンレイを妻として迎えはする。しかし心を許すつもりはなかった。寝室も別だ。同性とまったく性的経験がないとは言わないが、王太子の息がかかった第十二王子を抱く気はない。

「ねえ、おじうえ、おうじさまはきのぼりできますか？」

「さあ、どうだろうな」

フィンレイはどの程度の教育を受けてきたのだろうか。まさか一般庶民とおなじように育てられてはいないだろう。十二番目とはいえ王子だ。庶民の遊びなんて、王子はできないにちがいない。

できれば初対面でフィンレイが居丈高に振る舞うとか暴言を吐くなどして、子供たちに嫌われてくれれば話が早いのだが――と、フレデリックは意地の悪いことを考えた。

◇

王都から馬車で十日。フィンレイがディンズデール領の領主が住む城に着いたのは、予定より遅れた日没後だった。

最後の宿泊地を早朝に発ち、日があるうちに到着するはずが、途中で雨に降られて街道がぬかるみ、思ったより時間を取られてしまったせいだ。遅れることは先触れの使者を送っていたので問題ない。

それよりも、フィンレイは領主と子供たちに今日は会えないと告げられたことが残念でならなかった。

篝火で真昼のように明るくされた正門前で馬車を降りたフィンレイは、出迎えてくれたギルモアという初老の執事に失望を隠さなかった。

「では、明日は会えるのですか?」

「明日は午後から婚礼の儀式を執り行います。その折りに対面していただく時間があると思います」

「とても楽しみです」

フィンレイが長旅の疲れも見せずに笑顔で頷くと、ギルモアはわずかに上体を引いて一瞬だけなにかを考える目つきになった。なにかな、と引っかかりを覚えたが、フィンレイは背後に連なる荷馬車からつぎつぎと荷物を下ろしている人足たちが気になる。

「あの、僕、いえ、私の荷物はどこに運びこめばいいでしょうか。それと、人足たちに休息を取らせたいので、ひとつ部屋をお借りできませんか」

「荷物に関してはこちらの者が差配します。休憩のための部屋については……」

ギルモアはてきぱきと動いている男たちを眺め、「人足ですか？　殿下専用の従僕《じゅうぼく》ではなく」と確認してきた。

「従僕ではありません。私が雇った人足です。お揃いの服を着せたのでそれらしく見えるでしょうけど」

フィンレイは屈託《くったく》なく答え、懐から革袋を出した。人足たちのリーダーであるデリックを呼び、ずっしりと重いそれを渡す。雇い入れたときに前金は払ってある。残りの報酬が人数分、入っていた。顔半分を茶褐色《ちゃかっしょく》のヒゲで覆った年齢不詳のデリックは、フィンレイからそれを受け取ると泣き笑いのような表情になった。

「殿下、こんな遠くに住むことになっちまって、寂しいです」

彼らは祖父がたびたび雇い入れている人足で、フィンレイとは子供の頃からの顔見知りだった。デリックはそんな人足たちのまとめ役で、フィンレイが知る限り十年以上は祖父宅を出入りしている。おそらく年齢は三十代半ばだろう。

「ここまでの長旅に付き合ってくれてご苦労でした。部屋を貸してもらえるみたいだから、休息を取ったあとはおのおの気をつけて帰ってください」

「お幸せに」

「ありがとう」

他の人足たちも手を止めて、フィンレイに頭を下げてくれる。彼らは庶民だが、気のいい働き者だった。

「殿下、人足たちとずいぶん親しいようですね」

「私は市井育ちですから」

「それはお聞きしていますが……」

フィンレイにとってはデリックたちと親しく接するのは特におかしなことではないのだが、ギルモアはすこし不思議そうな顔をした。

「えーと……なにかいけなかったでしょうか？」

「いえ、ではこちらへ」

ギルモアに促されて城の中に入る。城の中はしんと静まりかえっていた。廊下に灯されたランプの数は、さすが豊かな領地を統べる領主の城だと感心するくらいだ。

「こちらです」

通されたのは三間続きの広い部屋だった。一番奥が寝室で、衣装部屋と浴室もある。贅《ぜい》沢《たく》な造りだが華美《かび》ではなく、品がある家具と絨毯が置かれ、とても居心地がよさそうだった。

「落ち着く雰囲気の部屋ですね。外に出られるんですか？」

「こちらから庭に出られます。明日の朝はテラスでご朝食になさいますか？」

「素敵ですね。そうします」

「ご夕食はお済みですか？　こちらにお運びいたしますが」

「あ、はい……では、軽く」

「かしこまりました」

すでにこの家の夕食時間は過ぎているらしい。ひとりで食べるのは味気ないが、仕方がなかった。

「あの、フレデリック殿とは、お会いできませんか？　今日中に、ほんの短い間でもいいんです。とくに大切な話があるとか、そういうわけではないんですが」

「……わかりました。お伝えしてきます」

「お願いします」

ギルモアに頼んで、フィンレイは手近なソファに腰を下ろした。ふう、とひとつ息をつく。やっとディンズデール家の城についた。市井で育ったとはいえ、十日間にもわたる長旅ははじめての経験で、猟銃を担いで山中を歩いていた方がよほど楽だと思った。当分は馬車に揺られる生活は勘弁してもらいたい。

ぐるりと部屋を見渡すと、丁重に扱われていることが感じられた。年代物ではあるが高級な家具が置かれている。フィンレイにはもったいないくらいの価値がある家具と絨毯だろう。とても品があり、大人っぽい。まだ十八歳で、男である自分には、すこしばかり落ち着きすぎていて不釣り合いな気がした。

ともかく、フィンレイは明日からディンズデール領主の妻になるのだ。この部屋にふさわしい人物になることを求められる。もっと教養と気品を身につけて、領主の助けになるような存在にならなければならない。

フィンレイは一通り、部屋の家具や備品を見て回った。

寝室の奥にある浴室の使い勝手を確認していて、気づいた。

「……あれ？」

領主の寝室はどこなのだろうか。ここがフィンレイだけの部屋だということは、造りからわかる。この部屋のどこかに隠し扉でもあって、領主の寝室に繋がっているのかと思ったが、それらしいものは発見できなかった。

専用の浴室が隣接していて広い衣装部屋まであるが、完全に独立した造りになっている。ということは、フレデリックかフィンレイのどちらかが、夜になったら寝室へ忍んでいくのだろうか。

想像しただけでフィンレイはカーッと顔を赤くした。初心者には難しすぎる行為かもしれない。

「いやでも、夫婦なんだし、することは、するよね」

フレデリックから望んだ結婚だと聞いているし、愛人を囲っているという話は耳にしていない。彼はまだ三十一歳という若さだ。どんなふうに可愛がってくれるのだろうか、なんて考えただけで、フィンレイは興奮と羞恥のあまり「ひーっ」と走り回りたくなる。

「フィンレイ殿下、どちらにおいでですか」

ギルモアが呼ぶ声がして、フィンレイは慌てて寝室から居間に移動した。

「ここにいます」

「もうお休みになられますか」

「いえ、部屋の中を見て回っていただけです」

そうですか、とギルモアはひとつ頷いたあと、深々と頭を下げた。

「申し訳ありません。旦那様は明日の準備のため、今夜はこちらには来られないそうです」

「ああ、そうですか。残念です……」

長旅の果てにやっとたどり着いたのだ。一日でいいからフレデリックに会いたいと思ったのだが、かなわないらしい。

「申し訳ありません」

「いえ、いいんです。明日の準備のためなら仕方がありません」

ギルモアがサンドイッチなどの軽くつまめるものをテーブルに並べ、お茶を淹れてくれる。長旅で疲れた体に、丁寧に淹れられた熱いお茶はとても美味《おい》しかった。

城の中はとても静かだ。もう起きているのは自分とギルモアだけになっているような気さえしてくるほどに。

「あの、これをいただいたら、明日に備えて私はもう休むことにします。ですから、もう下がってくれて構いません」

「そうですか。では、なにか御用がありましたら、そちらのベルを鳴らしてください」

「あ、そうだ、ひとつだけお願いしていいですか」

去りかけたギルモアを呼び止めた。

「なんでしょう」

「僕、いや私は明日には式を挙げて領主の妻になる身です。殿下と呼ぶのは今日で最後にしてくださいね」

妻、と口にするのは恥ずかしかったが、同時に誇らしくもあった。フィンレイが赤くなりながらそう言うと、ギルモアは一瞬だけ虚を衝かれたような顔になった。しかしすぐに元の無表情に戻り、「かしこまりました」と頭を下げて、部屋を出て行く。

フィンレイはサンドイッチを食べたあと、さてなにをしようかと考える。ギルモアに、もう休むと言ったはいいが、興奮しているのか目が冴えてしまっている。ふと、庭に出てみたいなと思いつき、カーテンをかき分けて窓を開けた。

真円に近い月が昇っていて、夜の庭を照らしていた。

「わあ……」

野趣《やしゅ》あふれる可愛らしい庭があった。レンガが敷かれた小道の両脇には自由に草木が茂り、人工の小川には橋がかかっている。石造りの東屋には緑の蔦《つた》が絡まり、昼間の姿を見てみたいと思わせる趣《おもむき》があった。

フィンレイは肌寒さを覚えて部屋に戻った。明日の朝はテラスで食事を取ることになっている。とても楽しみだ。

鼻歌をうたいながら衣装部屋に行き、山積みされたトランクをひとつずつ開けていく。中身を適当に棚や引き出しに片付けていった。持参した衣装はそれほど多くない。王家からの支度金は微々たるものだったし、準備にあてることができる日数が少なかった。フィンレイ自身の貯えなどあるはずもなく、祖父から贈られた祝い金で最低限のものを揃えた。

従僕も連れてきていない。もともと身の回りのことはすべて自分でやってきた。片付けや着替えくらい、自分でできる。いまさら人の手を借りようとは思わなかった。

そのやり方がディンズデール家に合わないのならば、すこしずつ修正してこちらのやり方に慣れていけばいいと楽観的に構えている。

トランクの中身をほぼ移し終えて、フィンレイは寝衣と下着とガウンを出した。それを持って寝室へ行き、さて着替えようか、という段階になってから逡巡する。着替えてしまうと、もう寝るだけになってしまう。寝衣とガウンという姿で自室を出てはいけないことくらい、いくら市井育ちのフィンレイでも知っていた。

（……やっぱり、フレデリック殿に会いたいな……）

執事に伝言を頼んで断られたが、諦めきれなかった。

(ちょっとだけ、フレデリック殿の部屋の場所の確認だけ、させてもらってもいいかな?)

フィンレイは続きになっている三間を通り抜け、廊下に出てみた。しんと静まり返って人気はないが、等間隔にともされたランプはそのままで、徘徊するのに不都合はない。暗闇を怖がるような神経の持ち主でもない。フィンレイは山歩きで鍛えた方向感覚を働かせ、とりあえず玄関ホールまでの廊下を逆に辿ってみた。

ホールからは廊下が何本も延びていて、階段もあり、どこに行けばなにがあるか、見当がつかない。領主が住む城は広いんだな、と呑気《のんき》な感想を抱きながら、きっとフレデリックは一階にはいないだろうと考えて二階へのぼる階段に向かった。

階段も廊下も絨毯が敷かれているので足音はしない。それをいいことに、フィンレイは歩き回った。ふと二階の廊下の窓から外を見下ろしてみると、庭にはところどころに篝火が焚かれていて、一見して警備兵とわかる男たちが警戒にあたっていた。たぶん私兵だろう。一応、外敵には備えているけれど、城の中はわりと無防備なのがわかった。

城は三階まであり、三階の一番奥まったところにある扉が、ひときわ豪華だった。おおきな一枚板の扉には精緻《せいち》な彫刻が施されている。きっとここが領主の部屋だ。この扉の向こう側に初恋の君がいると思うと、フィンレイの胸は高鳴った。

いよいよ明日、フレデリックの妻になるのだ。結婚話を長兄に知らされてからの一月は、まるで夢の中にいるようだった。わくわくドキドキしながら荷物をまとめたり人足の手配をしたりするのは、たのしかった。

扉にそっと手を這わせ、フィンレイはほう、とため息をつく。彫刻された模様《もよう》を指でなぞり、こらえようとしても漏れてしまうクスクス笑いのあと、つい爪先できれいな曲線をカリッとひっかいた。固い木材で作られた扉は、もちろんそれしきでは傷などつかない。

「そこにだれかいるのか」

いきなり扉の内側から声がして、フィンレイは飛び上がった。はっきりと人がいる気配が伝わったらしく、微かな軋みとともに扉が開く。「だれだ、こんな時間に」とこの二年間忘れたことがなかった声音が聞こえた。

開いた扉の向こうに、焦がれ続けていた人が立っていた。すらりと背が高く、寝衣にガウンという姿でも高潔さを失っていない凛々《りり》しい顔立ち。不審そうに眉間に皺《しわ》を寄せた表情ですら、見惚れてしまうくらいに格好よかった。

◇

ギルモアからの報告に、フレデリックは眉をひそめた。

「従僕を連れてきていない？　ひとりも？」

「そのようです。フィンレイ殿下は同行させたすべての者たちを帰してしまわれました」

想像とはちがう事態に、フレデリックは困惑を隠せない。

十二番目とはいえ、王子は王子だ。仰々しい隊列を組んで登場し、用意した部屋いっぱいに嫁入り道具を詰めこみ、お付きの者たちがぞろぞろと列を成す——とばかり思っていた。多忙を理由にフィンレイを出迎えるつもりはなかったフレデリックは、ギルモアの報告に拍子抜けしている。

「それに、殿下はわたくしに、明日から領主の妻になるのだから殿下という敬称はやめるようにと言われました」

「…………」

てっきり、臣下に嫁入りしても王族としての誇りを忘れず——つまりフレデリックや子供たちを見下し、居丈高に振る舞うだろうと思っていた。なにせウィルフの弟だ。

「殿下は旅の人手として雇った人足たちと気安く言葉を交していました。やはり市井育ちだからでしょうか、王族というよりも庶民に近い感覚をお持ちに見えました。しかし、粗野な印象はありません」

想像とまったくちがう王子像に、フレデリックはあらためてまじまじとフィンレイの肖像画を見つめる。急遽《きゅうきょ》取り寄せた肖像画には、凛々しい王子が描かれていた。黒髪と黒瞳がエキゾチックで、体格はがっしりしている。肖像画のフィンレイは、髪と瞳の色がちがうだけで、王太子のウィルフとよく似ていた。

「旦那様、その肖像画はフィンレイ殿下と似ていません」

「そうなのか？」

「実物のフィンレイ殿下はもっと華奢《きゃしゃ》で、まだ少年の面影《おもかげ》がある可愛らしいお顔をしていらっしゃいます」

「たしかに記憶に残っている殿下はこの肖像画と重ならないが、お会いしたのは二年も前だから、ずいぶん成長されたのかと思っていた。これを描いたのは腕に定評がある王室御用達の画家だというし……」

「いささか男らしさを強調して描かれているように思われます。実際にお会いしてみればわかります」

いますぐ顔を見てみたくなったが、今夜はもう会わないと伝えてしまったあとだ。長旅で疲れているだろうし、すでに就寝しようとしているかもしれない。

「……明日の準備はすべて整っているのか？」

「はい」

「そうか。ご苦労だった。今日はもう下がっていい」

フレデリックがそう言うと、ギルモアは一礼して静かに退室していった。

肖像画にちらりと視線を向ける。実物に似ていない肖像画を描かせることはよくあることだ。おそらく王族に指示を受けて描いただろうから、画家を責めても仕方がない。それにもう不要だ。

フレデリックは壁に立てかけてあった肖像画に布をかぶせ、明日にでも納戸《なんど》の奥にしまうように指示を出そうと決めた。

明日は結婚式だ。朝から支度《したく》をし、昼過ぎには敷地内の礼拝堂で式を挙げる。そのあとは招待した親族と領内の貴族たちを大広間に集めて食事会となる。裏方の手配はギルモアがすべて取り仕切ってくれているだろうから心配はしていないが、食事会は酒が入ると無礼講になり、深夜まで及ぶのが通例だ。体力と精神力を使うので、今夜は早めに寝た方がいい。

いつもよりも早めに寝衣に着替え、ガウンを羽織る。寝酒として置いてある蒸留酒《じょうりゅうしゅ》をほんのすこしグラスに注いで舐めながら、ギルモアが用意してくれた明日の段取り表を眺めていたときだった。

廊下で人の気配がした。寝室から廊下までは二部屋あるが、人がいるとはっきり感じられた。だれだろう。使用人なら扉をノックして名乗るはずだ。子供たちだろうか。

フレデリックは仕方がないので立っていき、廊下に面した扉に向かって誰何《すいか》した。

「そこにだれかいるのか?」

乱れた呼吸が聞こえて、訪問者を驚かせたことがわかる。子供かもしれない。使用人のだれかかもしれない。こんな時間に住みこみの使用人が約束もなく訪れたことなどないが、もし女性が夜這いをかけてきたのならギルモアに知らせてきちんと対処しなければ、後々問題になる。

ため息をつき、ぶつぶつ言いながら扉を開け――フレデリックはギョッとした。黒髪黒瞳の少年が立っていた。ぽかんと目と口を丸く開け、こちらを見上げている。見覚えのある顔だった。

フィンレイ殿下だ、とすぐにわかる。

少年は何度か目を瞬き、「あ、あの」と声変わりが終わっていないような甲高くもなく低くもない不思議なトーンの声をこぼしながら、視線を泳がせた。

「こ、こんばんは」

ぺこりと頭を下げ、勢いよく顔を上げる。少年は背筋を正して、キリッとした表情になった。

「フィ、フィンレイ・フォルドです、フレデリック・ディンズデール殿。夜分遅く、すみません」

顔の輪郭、目の形と鼻、唇も耳も、記憶にあるままだ。ギルモアが言ったように、肖像画にぜんぜん似ていない。

十八歳になっているはずなのに、骨格は少年のように細く、筋肉がついていないのが着衣状態でも明確だ。

「非常識なことをしているっていう自覚はあります。本当にごめんなさい」

フィンレイは困惑顔でもじもじと両手を腹の前で動かした。フレデリックが黙りこんでいるせいだろう。

「でもあの、深い意味はなくて。本当に、なくて。ただ、領主の城の中って、どんな感じなのかなと思って、ちょっとした探検的な……」

「探検？」

フィンレイが王太子の間諜《かんちょう》か、はたまた工作員か、と疑っていたフレデリックには、この行動はあやしいとしか思えなかった。それにしては気配が丸わかりだったが。

「さっきここに着いたばかりで、気持ちが高ぶって眠れそうになかったものですから。ごめんなさい、本当に」

フィンレイが一歩前に出て距離を縮めてきた。思わずフレデリックは半歩下がる。

「フレデリック殿とは、明日、夫婦になるというのに、お会いできなくて寂しくて、せめてお部屋の場所を確認しておきたいなと思っただけです」

「よくここがわかりましたね。あらかじめ城内の見取り図でもお持ちでしたか？」

「そんな便利なものがあるのでしたら、一枚ください」

さらにぐっと距離を縮められて、フレデリックは「なんだ、この王子は」と困惑した。

「見取り図はありません」

「なんだ、そうですか。欲しかったのに残念です」

あからさまにがっかりした顔をされ、フレデリックはこの王子がいったいどういう人物なのか把握できなくて混乱する。予想とちがいすぎる。

「あの、就寝前にお騒がせして申し訳ありませんでした。もう部屋に戻ります。おやすみなさい」

また頭を下げ、フィンレイはさっと背中を見せると廊下を歩いて行く。本当にこのまま素直に部屋に戻るのか疑いがあった。探られて困るものはないが、これ以上城内を勝手にうろうろするのは主としてやめてもらいたい。フレデリックは「待ってください」と呼び止めた。

「殿下、すこしここで待っていてもらえますか」

言い置いて、フレデリックは自室内に戻った。壁に取り付けられた紐を引っ張ると、ほどなくして階下からギルモアがやって来た。執事のお仕着せは着ていなかったが、見苦しくない程度の普段着の上にガウンを羽織っている。いつ何時でも駆けつけることができるように、寝衣には替えないらしい。

ギルモアはフレデリックとフィンレイがいっしょにいるのを見て、軽く目を見開いた。

「フィンレイ様、どうかなさいましたか」

「殿下は眠れなかったので城内を探検していたそうだ」

「探検……」

「部屋まで送ってさしあげろ」

「かしこまりました」

ギルモアに促されて、フィンレイが去って行く。途中、一度だけ振り向いて、王子はひらひらと手を振った。規格外すぎるのか、はたまたわざと破天荒《はてんこう》な印象を与えようとしているのか。フレデリックは見なかったふりをして扉を閉めた。

◇

フィンレイは婚礼衣装に身を包み、頭からベールを被って鏡の前に立った。

衣装はフレデリックの姉が結婚したときに着たものを、男性でも着られるように作り替えたと聞いた。たしかに腰の部分の締めつけがなく、フィンレイでも無理なく着られる。

「よくお似合いです」

にこりともせずに感想を述べながらベールを整えてくれるのは、家政婦長のローリーだ。執事のギルモアに似た雰囲気を持つ女性で、ちょっとやそっとでは動じない頼もしさを感じた。

「似合っていますか？」

「はい、とても」

「フレデリック殿も、そう思ってくださるでしょうか」

不安だ。やはり王子など嫁にもらうのではなかった、といまごろ後悔していないだろうか。昨夜、あんなことをしなければよかった。礼儀をわきまえない、可愛くない王子だと思われただろうか。

敷地内の礼拝堂で式を挙げるらしい。その前にもう一度、昨夜のお詫びをしたかったが、それまでは会えないと言われた。

（でも、わざわざギルモアを呼んで僕を部屋まで送るように言ってくれるなんて、大切に扱われているみたいで嬉しかったな……）

別れ際に手を振ったけど、薄暗くて見えなかったみたいだった。きっとフレデリックは心の広い大人だから、嫌われていない。そう思いたい。

扉がノックされて、ギルモアが顔を出した。

「用意はできましたか」

「できました」

返答したのはローリー。ひとつ頷いたギルモアが扉を大きく開いた。そこから少年と幼児が二人、入ってくる。すぐにわかった。フレデリックが養育している甥っ子たちだ。

年長の少年はフレデリックにそっくりだった。金髪碧眼で、賢そうな目をしている。双子は茶色い巻き毛がとても可愛らしくて、興味津々といった感じでフィンレイを見上げている。すごく可愛い。

「フィンレイ様、お子様たちがご挨拶したいと」

ギルモアに促されて、三人が歩み寄ってくる。

「はじめまして、フィンレイ殿下。ライアンといいます。九歳です。この子たちはジェイとキース、四歳になりました」

「はじめまして、ライアン。ジェイ、キース」

フィンレイは三人の前に屈み、目線を合わせた。

「これからよろしくね。君たちに会えることを、とても楽しみにしていたんだ。仲良くしよう」

にっこりと微笑むと、双子の男児がぱあっと明るい笑顔になった。

「あ、あのね、あのね、きのぼりできる？」

「カエル、みる？　にわのいけに、たくさんいるの」

「木登りは得意だよ。カエルが池にいるんだ。そっか、こんど見せてね」

「そんな安請け合いして、いいんですか？」

冷静な声が降ってきて、フィンレイはライアンを見た。冷めた青い瞳が咎《とが》めるようにフィンレイを凝視している。

「この子たちに社交辞令は通じませんよ」

「社交辞令のつもりはないよ。木登りは得意だし、カエルだって見たいと思った」

「平気なんですか、そういうの」

「平気もなにも、山歩きしていたらカエルどころかヘビや毒虫にだって遭遇するし」

「山歩き？」

「ここだけの話、僕の特技はね、狩りなんだ」

えへ、と笑ってみせたら、ライアンが唖然とした顔になった。聞こえてしまったようで、ギルモアとローリーも目を丸くしている。

「かり？　かりってなに？」

双子が無邪気に尋ねてくるものだから、「えーと、その、山鳥とか鹿とか熊とかを猟銃で撃って、ご飯にするんだよ」と馬鹿正直に答えてしまった。

「すごーい、すごーい」

「おうじさま、すごーい」

双子が目をキラキラさせて賞賛してくれる。ごほん、と咳払いが聞こえた。ギルモアが胸の隠しから懐中時計を取り出して時刻を確認している。

「そろそろ時間です。みなさま、礼拝堂へ」

子供たち三人はギルモアに連れられ、フィンレイはローリーに手を引かれて移動した。

歴史を感じさせる古い礼拝堂はこぢんまりとした造りで、新緑が眩しい木々に囲まれて建っていた。正面の両開きの扉から中に入ると、木製の造りつけの椅子がずらりと並んでいる。外観から想像した通り、百人も入ればいっぱいになりそうな大きさだ。

中央に敷かれた赤い絨毯の先には、白い婚礼衣装を着た紳士が立っている。ステンドグラスから差しこむ陽光が、彼の金髪を美しく輝かせていた。

フレデリックが振り返り、フィンレイを見た。引き寄せられるようにしてフィンレイは歩いていき、ぼうっとフレデリックを見上げた。

昨夜、ガウン姿でもじゅうぶんに格好よかったのだ。明るいところで純白の衣装に身を包んだフレデリックは、神々しいばかりに美しい。

澄んだ青い瞳がじっと見下ろしてくる。フィンレイはその瞳の中に、嫌悪だとか呆れだとか、よくない感情がないか探った。パッと見には、ないように感じて安堵する。

いつのまにか最前列の椅子に、子供たちが座っていた。ディンズデール家の親族と思われる、着飾った人たちもいる。式は人前式と聞いていた。ディンズデール家の先祖と、参列者たちに向けて、結婚を宣言する。

「私、フレデリック・ディンズデールは、フィンレイ・フォルドを生涯《しょうがい》ただひとりの妻として慈《いつく》しむことを誓います」

フレデリックの美声が朗々と響く。うっとりと聞き惚れてしまったフィンレイに、フレデリックが「繰り返して」と小声で指図してきた。ハッと我に返り、慌てて誓いの言葉を述べた。

「私、フィンレイ・フォルドは、フレデリック・ディンズデールを生涯ただひとりの夫として慈しむことを誓います」

声が震えそうになったが、なんとか無事に言い終えることができた。フレデリックが上着の隠しから小さな箱を取り出した。中には一対の指輪が入っていた。フレデリックがそっとフィンレイの左手を取る。薬指にはめられたそれは、すこし緩かった。

おなじ指輪をフレデリックの左手薬指にはめる。さすがに手が震えた。

お揃いの指輪は夫婦の証だ。これでフィンレイとフレデリックは夫婦になった。誓いの言葉のように、生涯ただひとりの伴侶として慈しんでいく証となる。

フィンレイはまじまじと指輪を見つめ、感動のあまりはち切れそうな胸に左手を抱きかかえるようにした。フレデリックを笑顔で見上げ、「今日から、よろしくお願いします」と囁いた。

フレデリックが物言いたげな表情をしたが、すぐに周囲からの「おめでとうございます」という祝福の声に気を取られて振り返った。初対面の親族たちが口々に祝ってくれている。ジェイとキースの双子も足下に歩み寄ってきて、「おめでとー」とはしゃいだ。

「ありがとう」

しゃがみこんで双子の頬にチュッとキスをすると、周りの人たちが「あらあら」と笑った。振り返ればフレデリックがそこにいて、屈みこむと双子の片割れを抱き上げた。もうひとりをフィンレイが抱き上げる。

「ライアン、おいで」

手招きしたら、おずおずとした足取りながらもライアンが来てくれる。これで家族五人。揃って赤い絨毯の上を歩き、礼拝堂をあとにした。

その日は親族を交えての食事会が開かれ、フィンレイは息つく暇もないくらいたくさんの人から話しかけられた。笑顔を絶やさず、品良く振る舞うのは心身ともに疲れる。それに満足に食事を取ることもできず空きっ腹に酒ばかり飲むはめになり、フレデリックと話すことすらままならず、やっと食事会が終わって自室に引き上げることができたとたんに寝台に倒れこむほどの泥酔《でいすい》ぶりだった。

「フィンレイ様、もうお休みになりますか?」

ギルモアに話しかけられても頷きで返すことしかできず、婚礼衣装のまま寝具の間に潜りこもうとした。

「待ってください。寝衣に着替えてください」

「眠い……疲れた……」

「わかっております。いまローリーを呼んで参りますから。わたくしが着替えさせるのは都合が悪いと申しますか――」

　ギルモアがなにかぶつぶつと言いながら遠ざかる。入れ替わりにだれかやってきて、中途半端に寝具に体をつっこんでいるフィンレイから婚礼衣装を脱がせてくれた。たくさんあるボタンをひとつずつ外し、リボンの結び目を解き、くるりとひっくり返して肩から脱がせる。

　意識のほとんどが睡魔《すいま》にもっていかれて、フィンレイは朦朧《もうろう》としていた。

「疲れた……」

　譫言《うわごと》のように呟くと、脱がせている人物が「そうだな」と答えてくれる。

「こんなの、慣れてないのに……頑張ったよ……」

　すべてはフレデリックのためだ。領主の妻になったからには、このくらいの行事をこなせなくてはいけないだろうと、頑張って笑顔で対応した。苦手な酒も飲んだ。フレデリックとは全然話が出来ていないけれど。

「この傷跡はなんだ?」

　フィンレイを着替えさせている人物が、左の脇腹に触れた。そこにはざっくりと木片が刺さったときの傷が残っている。三年くらい前のことだ。用水路に落ちそうになった子供を助けたときに、木の柵に激突して傷を負った。もうすっかり治っているが、あのときは出血が酷くて祖父母と母を真っ青にさせた。

「んー……、それは、名誉の負傷《ふしょう》ってやつで……」

ふふふ、と目を閉じたまま笑う。

「こっちの傷は？」

右の二の腕には別の傷跡があった。狩りの途中、仕留めたと思いこんだ牡鹿に近づいたら暴れ出して、角で抉《えぐ》られてしまったのだ。あれは痛かった。自慢できる傷ではない。

「それはね、ないしょ」

くすくすと笑ったら、ムッとした空気が伝わってくる。

「こんなところにも傷跡がある。傷だらけではないか。ほら、こっちの袖に腕を通せ」

もう眠い。いささか乱暴に寝衣を着せられて、寝具の中に転がされた。昨夜、極上の寝心地だと感心した、ふかふかのさらさらだ。楽な姿勢になって、ふうと息をつく。そのままフィンレイは眠りの世界に引きこまれていった。

「寝顔はまるで子供だ。肖像画と本当に似ていないな。あれでは詐欺《さぎ》だ」

「そうですね。実物の方が、大変お可愛らしい」

「可愛い……まあ、たしかに、ちょっとは可愛い、かもしれないな……。だが、腹の中ではなにを考えているかわからないぞ。無邪気なふりをして私を欺《あざむ》こうとしているのかもしれない」

「それはないように思います」

「おまえ、昨日から急に意見を変えたな」

「フィンレイ様にお会いして、旦那様は『想像していた人物像とは違う』とは思わなかったのですか？」

「……………まあ、思ったが……」

「でしょう？　婚礼衣装がお下がりだったことも礼拝堂での挙式が質素だったことも、フィンレイ様はなにひとつ不満を口にしませんでした。この方は王太子殿下とは関係ないのではないですか」

「そうかもしれないが、そうではないのかもしれない。まだ本当のところはわからない。たった一日や二日で人となりがわかってたまるか」

「旦那様……」

「うるさい」

だれとだれが会話していたのかはわからないし、睡魔に負けたフィンレイは眠くてほとんど理解できない。話し声は安眠を妨害する騒音でしかなかった。

「さあ、もう休みましょう。旦那様もお疲れでしょう」

「そんなに疲れていない。年寄り扱いするな」

「年寄りのわたくしは疲れましたよ」

そのあと声の主たちは寝室から出て行ってくれた。やっと静かになり、フィンレイは心ゆくまで眠りの世界に落ちていくことができたのだった。

草花の上を、ひらひらと蝶が舞っている。明るい日差しを浴びて、庭の草木は生き生きと輝いていた。

「フィンレイ様、お茶のおかわりはいかがですか?」

ぼうっと蝶を眺めていたフィンレイは、横から話しかけられてハッとなった。ローリーがティーポットを手に立っている。

「……いただきます」

空になっていたティーカップに琥珀色の香り高い紅茶が注がれる。それを一口飲んで、またぼうっと庭の蝶を眺めた。

暇だった。時間を持て余すあまり、朝からお茶ばかり飲んでいる。それでも勧められるままに飲んでしまうのは、ほかにすることがないからだ。

フレデリックと式を挙げてから三日たっていた。

白い婚礼衣装に身を包んだフレデリックは眩しいくらいに格好良くて、初日にやらかしたことには言及されなかったこともあり、フィンレイは幸せを思う存分、噛みしめた。三人の子供たちとも面会し、これから仲良くやっていけそうだと期待に胸を膨らませていた。

ところが、疲れと酔いで早々に寝てしまった翌朝から、暇を持て余す日々を過ごしている。

朝食を自室のテラスでとるのは別に構わない。庭はきれいだし、ひとりでのんびりと美味しい食事を味わうのは優雅な感じがして楽しい気分になる。

しかし、食後に「さて今日はなにをしよう」と考え、フレデリックはもう仕事に行っている時間なのでまずは子供たちに会いたいなと思った。双子はフィンレイが木登りできるかどうか気にしていたし、ライアンがいまどんな勉強をしているのか、なにに興味を持っているのか聞いてみたかった。

ギルモアを呼んでそう伝えたら、あっさりとこう返された。

「フィンレイ様は一昨日にこちらに来られたばかりです。昨日は挙式のあと食事会で大変お疲れになりました。数日はゆっくりと体を休めてください」

たしかに昨日は疲れて、食事会のあとすぐに寝てしまった。しかし、そのおかげでたっぷりと睡眠を取れたので、今日はもうすっかり回復して元気いっぱいだった。

「私は元気です」

「そのようですね。ですが、旦那様から数日は体を休めることに専念するように、と言付かっております」

「……そうですか……」

釈然《しゃくぜん》としなかったが、フレデリックがそう言っているのならそうした方がいいのだろう。

領主の妻として、これから公私にわたって多忙な日々を過ごしていくのだ。いったんそうした生活がはじまってしまったら、なかなか休めなくなるのかもしれない。フレデリックの気遣いだと解釈して、フィンレイは部屋でおとなしくしていることにした。

夕食だけは城の食堂でとる。そのときにフレデリックと三人の子供たちには会えた。しかし、食事中はやたらと会話はしないというのが上流階級の家庭の常識だ。フィンレイもそうしつけられてきた。

夫となったフレデリックには「一日の仕事を終えてご苦労様です」と労《ねぎら》いの言葉を伝えたいし、子供たちには「今日はなにをしたの。なにかあった？」と出来事を聞いてみたい。フィンレイは食事が終わるのをうずうずしながら待った。ところが、食事が終わったらさっさと解散してしまい、言葉を交す時間などなかった。

子供たちはいまから寝る支度があるだろうが、せめてフレデリックとは会話がしたいと思い、呼び止めた。

「あの、すこしお話ししたいんですけど」

食堂から出て行きかけたフレデリックが足を止め、いかにも面倒臭そうに振り返った時点で、フィンレイは胸のあたりがひやりとした。

「急を要する話かな？」

「いえ、そういうわけでは……」

「だったら、またにしてくれないか。仕事を持ち帰ってきている。これから目を通さなければならない書類があるんだ」

「そうなんですか。わかりました、ではまたの機会に」

がっかりしながらも精一杯の笑顔で見送った。ローリーが気遣《きづか》わしげに、「旦那様はお忙しいのです」と慰《なぐさ》めてくれる。

「わかっています。私も部屋に戻ります」

とぼとぼと自分の部屋へ帰った。

食堂からフィンレイの部屋まではかなりの距離がある。フレデリックの部屋はもとより、子供たちの部屋からも離れていることがわかった。かつてフレデリックの祖母が余生を過ごすために整えた一画らしい。どうりで静かなはずだ。

（もしかして、僕の存在って……）

嫌な解釈が脳裏にチラつく。それが確信に変わるのに、三日あればじゅうぶんだった。

会いたいときに家人に会えないし、与えられた部屋は自分だけ離れている。フレデリックと夫婦としての会話などまったくない。当然、夜の営みも皆無だった。

現状からおのずと見えてくるものがあった。

（僕は望まれて嫁いだわけではなかったんだ……）

言葉にしてしまうと悲しみがどっとのし掛かってくる。密かに恋していたフレデリックとの結婚話に浮かれていたときが、はるか遠い日々のように感じた。長兄の話を鵜呑《うの》みにして、フレデリックと幸せな結婚生活を送り、生涯添い遂げられるのだと信じて疑っていなかった。三人の子供を、夫婦で力を合わせて育てていくのだと、意欲満々だった。

国の行事で顔を見かけ、言葉を交したのは一度だけという自分のことを、フレデリックがしっかり覚えていて伴侶にと望むわけがないと、どうしてわずかでも疑問に思わなかったのか。

単純で夢見がちなおのれの甘い性根が恨めしい。

いまならわかる。たぶんディンズデール家は、王家からの縁談を断れなかったのだ。後継ぎがいなければ断る理由になるが、すでにライアンがいる。ライアンにもしものことがあっても、ジェイとキースがいる。

すでに後継ぎがいるならば、王子が嫁いでも、だれも困らない。いや、フレデリックだけが困る。王家としては、十数人もいる王子がひとり片付いて、すっきりするのだろう。さらに、自然に恵まれて豊かな土地を治めているディンズデール家と王家との繋がりが、婚姻によって太くなる。

ここで王女を嫁がせて子供を産ませれば、もっと絆が深まるのでは、と思わないでもないが、後継者問題を起こして波風を立てるのは避けたのかもしれない。フィンレイの下に数人の王子と王女が生まれている。記憶が正しければ、十歳になる異母妹がいるはずなので、ライアンと結婚させれば——と、王家は考えているのかもしれない。

（そんなこと、僕が考えてもどうしようもないけどさ……）

フィンレイはため息をついて、頭を切り替えた。今後、どうするか。このまま飼い殺しの状態を受け入れるか、それとも現状を変える努力をするべきか。

いい加減、おとなしくしているのも限界だった。常日頃、猟銃を担いで山野を歩き回ったり、祖父の商売の手伝いとして荷馬車を動かしたりしていたのだ。もちろん金銭の計算もしていた。おかげで金勘定は得意になった。

（役に立てると思って、張り切っていたんだけどな）

自由に城の中を歩けないし、子供たちにも会えないなんて。

無鉄砲にこの部屋を飛び出して城の中を探索し、勝手に子供たちと遊んだりしたら、きっとフレデリックを怒らせる。たとえ怒らせてもそう簡単には離婚できないし、そもそもフィンレイは離婚するつもりはないが、好きな人に嫌われたくないのでそうした行為は慎みたい。

（とりあえず、勉強しようかな）

ディンズデール地方のことはまだ浅くしか学んでいないので、フレデリックに指示を仰ぎながら、すこしずつ覚えていくつもりだった。フレデリックはいまのところフィンレイに領主の妻としての仕事をまったく任せるつもりがないようなので、時間だけはたっぷりある。

この地方の歴史や産業について、まずは書物から学んでみようか。

「ローリー、ちょっと聞きたいことがあるんだけど」

「はい、なんでしょう」

「この城に図書室ってある？」

「はい、ございます」

「案内してくれる？」

まさかそこまでの行動制限はしないよね、といささか凄みを加えた笑みでローリーに迫る。ローリーは気圧され気味になりながら頷き、図書室まで案内してくれた。

さすが歴史あるディンズデール家だ、と感嘆するくらいに立派な図書室があり、ローリーに手伝ってもらって領地に関する本を何冊か借りた。分厚い羊皮紙《ようひし》の本が五冊にもなると重い。それを肩に担ぐようにして図書室をあとにした。

「フィンレイ様、わたくしにも手伝わせてください」

ローリーが行く手を阻むようにして担いだ本に手を出してくる。それを拒みながら廊下を歩いた。

「借りたのは私だし、男なんだからこれくらい持てます」

「ですが……」

ローリーの言いたいことはわかる。はっきり言って、フィンレイとローリーの背格好はそんなに差がなかった。二人でわちゃわちゃしながら自室に戻ろうとしていたら、どこからか子供がはしゃぐ声が聞こえた。

「この声、双子ちゃん？」

「そのようですね」

きょろきょろと周囲を見渡し、窓から外を見た。

「いた！」

レンガの塀で囲まれた庭の一部で、茶色い髪をふわふわさせた双子が走り回っている。

「ちょっと行ってくる」

「えっ、フィンレイ様？」

肩に担いでいた本をその場に全部置いて、一目散に駆け出した。この場合、子供にわざわざ会いに行ったわけではない。通りかかったら見かけたので、挨拶しようと立ち寄っただけ――と、言い訳しながら庭に出る。

「ジェイ、キース、ひさしぶりー！」

「あっ、フィンレイだー」

「フィンレイだー」

二人とも子犬のように駆けてきて、フィンレイに体当たりした。一人だけなら受け止められたかもしれないが、二人同時では無理がある。三人は絡み合うようにして地面に転がった。

「フィンレイ様！」

双子のナニーが青くなって走り寄ってきたが、どこもケガなどしていない。二人の遊び場らしいこの区画は、芝生《しばふ》が敷き詰められていて小石ひとつ落ちていなかった。

「大丈夫、大丈夫」

よいしょ、と起き上がり、ジェイの髪についた葉っぱを取ってあげた。

「ねえねえ、きのぼりして」

「してー」

「いいよ。どれにしようかなー」

何本か日陰を作るために植えられている木を吟味する。登りやすい枝がある木がいいなと思っていたら、キースが「これ」と一本を指さした。

「あのね、このあいだ、このきにぼうしをとられたの」

「えっ、帽子を盗られた？」

びっくりして見上げれば、たしかに張りだした枝に布製のちいさな帽子が引っかかっているのが見える。きっと風で飛ばされたのだろう。ちょっと足場になる枝が少なそうだし、帽子がひっかかっている枝は細いが、なんとかなるだろう。ここは双子にいいところを見せたい。

「よし、キースの帽子を取ってきてあげるよ」

フィンレイは靴をぽいと脱ぎ捨てて裸足になり、一番下の枝に手をかけた。ナニーが慌てて「おやめください」と制止してきた。

「危険です。庭師に頼んで梯子《はしご》で登ってもらいますから」

「大丈夫だって。このくらいの木なら平気」

フィンレイはするすると木を登り、途中で下を見た。自分の背丈の倍くらいの高さに達している。ジェイとキースが頬を紅潮《こうちょう》させてこちらを見上げていた。

「すごい、フィンレイすごーい」

「カッコいいー」

賞賛は気持ちいい。離れた部屋を与えられてクサクサしていた気持ちが一気に晴れた。

帽子が引っかかっている高さまでは、難なく登ることができた。しかし帽子は枝の端にある。フィンレイの体を乗せても耐えられる太さの枝から手が届くかどうか、ぎりぎりの位置だった。

枝の強度を確認しながら、そうっと手を伸ばす。あとすこし。あとちょっと。足の下で枝がミシッと不穏な音を立てたが、本当にあとちょっとだ。

「取れた！」

帽子に指先が届き、なんとか掴むことができた。双子の歓声が響く。

「フィンレイ殿下、なにをしているんですか！」

そこへ唐突にフレデリックの声が届いた。平日の昼間で仕事中のはずのフレデリックが、肩を怒らせ、眉間に皺を寄せて大股で近づいてくる。その後ろにはローリーがいて、フィンレイが双子と遊びはじめたので慌ててフレデリックに注進しに行ったとわかる。

「すぐに下りてください。危ないではないですか！」

「大丈夫です。慣れているから、このくらい――」

体を支えている枝がミシミシッと嫌な音を立てた。まずい、と移動しようとしたのがいけなかった。一気にバキッと折れた。

「わあっ」

「殿下！」

宙に放り出された。女性たちの悲鳴とともに落下する。しかし一瞬後、フィンレイは固い地面ではなく、それよりも柔らかいものにぶつかって止まっていた。ぎゅっとつぶっていた目を怖々と開けると、そこにはフレデリックの渋面《じゅうめん》が……。

「やはり危なかったでしょうが！」

至近距離で怒鳴られて、フィンレイは「ご、ごめんなさいっ」と急いで謝った。

なんと、落ちたフィンレイをフレデリックがとっさに受け止めてくれたらしい。鼻先が触れそうなところにフレデリックの整った顔がある。それが怒った顔でも胸がときめいた。ずっと腕の中にいたかったが、ふわりと足から地面に下ろされてしまう。

「フィンレイ殿下、どこかケガはしていませんか」

「……していない……と思います」

「本当に？　あなたの言うことは信用できませんね」

ため息をつき、フレデリックがフィンレイの全身をぱたぱたと手で確認していく。うわあ、触られている、と嬉しい悲鳴を上げそうになり、慌てて「あの、フレデリック殿はケガしませんでしたか？　重かったでしょう？」と、気遣いの言葉を口にした。

「私の方こそ心配無用です。あなたはライアン並みに軽い」

それは言い過ぎだ。ライアンはまだ九歳なのだから。華奢な体格を揶揄されてフィンレイがムッとしたら、フレデリックが唇の端をかすかに上げた。笑った、ように見えた。それだけで心臓がどきどきして顔が赤くなってくる。

「あ、そうだ」

片手に帽子を握っていることを思い出し、目を真ん丸にしたまま棒立ちになっているキースに「はい」と渡した。喜んでくれるかと思ったのに、キースのあめ玉のようにきれいな茶色い瞳がじわりと濡れた。えぐえぐと変な声を出したあと、「わーん」と泣き出す。その横でジェイも「わーん」とおなじように泣きはじめた。

「ど、どうして二人とも泣いちゃうの？」

「あなたが木から落ちたのを目の当たりにしたんです。幼児には刺激が強すぎる場面でしょう」

「ご、ごめんね。二人ともびっくりさせちゃって」

キースとジェイに急いで謝ったが、泣き止んでくれない。フィンレイはしょんぼりと肩を落とす。

フレデリックの指示で、双子はナニーとローリーにそれぞれ抱っこされて屋内に戻っていった。それを見送ってから、フィンレイは脱いだ靴を履いた。

「あなたは本当に、いろいろとやりますね……」

フレデリックに呆れた口調で言われ、ひやっとした。

「すみません……」

「今日はもう部屋でおとなしくしていてもらえませんか」

「はい……」

とぼとぼと来た道を戻る。床に放置していた本を「よいしょ」と拾いあげる。

「その本はなんですか？」

フレデリックに尋ねられて、「図書室で借りました」と答える。背表紙の題名をちらりと見て、不思議そうな顔をした。

「もしかして、この地方の歴史や地理を学ぼうと？」

「ええ、まあ。一通りの勉強はしてきたんですけど、この城に置いてある本の方が詳しいかなと思って」

「一通り？」

「領主の妻になるわけですから、その土地のことに詳しくなっておいた方がいいでしょう？　ここでずっと暮らしていくんですから」

当然のことを言っただけなのに、フレデリックは虚を衝かれたような表情をした。なにやら考えこむような顔になり、黙りこむ。機嫌が悪くなったような感じではない。

「あの……本は借りていってもいいんですよね？」

「それは構いません。図書室の本はどうぞ自由にしてください」

ふっと柔らかい口調になった。いきなり変化した声に、フィンレイは気のせいかなと戸惑う。

「その本、重くないですか」

「このくらい大丈夫です」

「だれかに運ばせればいいんですよ」

「借りたのは私ですから、自分で運びます。あの、ずっと気になっていたんですけど」

「はい？」

「私に対して丁寧に話す必要はないです。なんか、家族っぽくないです。ライアンやジェイ、キースに話しかけるのとおなじようにしてください。殿下と呼ぶのもやめてくれませんか」

やっと言えた。もう妻になったのだから、殿下呼びはおかしい。ギルモアたち使用人は、とうに殿下とは呼ばなくなっている。

フレデリックはじっとフィンレイを見下ろしてきた。碧《あお》い瞳はとても静かに凪いでいて、フィンレイの願いを冷静に受け止めてくれたように感じた。

「あなたは私の妻になりました。たしかに家族ですが、王子です。臣下である私が敬うのは当然だと思いますが？」

「私はディンズデール家に嫁いだ身です。もう王子であることなど忘れました」

そもそも王子らしい暮らしなどしていなかったのだが。

「お願いですから」

「……わかった。では、あなたのことをフィンレイと呼び捨てにしてもいいんだな？」

（わあっ）

フレデリックの砕けた口調は思いのほか衝撃的で、嬉しさのあまりくらくらした。

「い、いいです。ぜひそう呼んでください」

「では、あなたも私のことをフレデリックと呼びなさい。夫婦なのだから公平に」

「ええっ、呼び捨てに？」

フィンレイは顔を熱くした。

「領主様、こちらでしたか」

廊下の奥から壮年の男が急ぎ足でやってきた。六十歳のギルモアと同年代に見える男は、白いシャツの上に深緑色のジャケットを着て、黒っぽいタイを結んでいる。使用人ではない服装だ。銀髪はきれいに撫でつけられていて、乱れはまったくない。

領主様、と呼んだところから、役人だろうかと当たりをつける。

「もうすぐ会議の時間です」

「いま戻ろうとしていたところだ」

フレデリックとの会話から、やはり役人だとわかる。その男はフィンレイに視線をとめると、にっこりと笑顔になった。

「はじめまして、わたくしは領主の補佐役を務めます、マーティンと申します。フィンレイ殿下でいらっしゃいますか」

「こんにちは、マーティン。フィンレイです」

本を抱えたままでは非礼にあたるかなと、慌てて床に下ろす。その本を目で追い、マーティンが「ほう」と目を見張る。

「これは、フィンレイ殿下がお読みになる本ですか」

「図書室から借りてきました」

「なるほど」

マーティンはちらりとフレデリックを見遣り、またもやにっこりと笑った。

「領主様、勉強熱心な素晴らしい奥様ですね。これは頼もしい」

「……会議の時間なんだろう。行くぞ」

マーティンが褒めてくれたことに喜びかけたフィンレイだが、フレデリックはそれを無視して踵を返すと、さっさと廊下を歩いて行ってしまった。マーティンはフィンレイに一礼してから、フレデリックを追いかけていく。

フィンレイは二人の後ろ姿が見えなくなるまでその場に立っていた。

フレデリックがなにを考えているのか、いまいちよくわからない。木登りを失敗して叱られて、さらに双子を泣かせてしまったことに落ちこんでいたら、じつはあまり怒っていないように見え、この土地の勉強をすることについては推奨してくれたみたいで急に声音が優しくなったと思ったら、補佐役の人の褒め言葉は無視――。

「……とりあえず、今日はもうおとなしくしていよう……」

ひとつ息をつき、本を肩に載せて、フィンレイは自分の部屋に向かって歩き出した。

◇

フレデリックが領主としての仕事をする場所は、城の一画だ。通称・役場と呼ばれていて、勤めている役人はほとんどが中流貴族の世襲制であり、信用のおける人物ばかりだった。フレデリックの事情はすべて承知しており、差し出がましい口をきく者はいない。約一名を除いては。

「話に聞いていた通り、とても可愛らしい殿下ですね」

領主の執務室に着くなり、マーティンがほくほく顔でそう言った。

「……だれから聞いた？」

「ディンズデール家の執事殿です」

わかりきったことを質問したのは、ただ確かめるためだ。ギルモアとマーティンは年が近いこともあり、立場と役職が違うのに昔から通じ合っている。

「ぜひ年中行事に参加していただきたいです」

「私はまだ殿下を外に出すつもりはない。時期を見て、最低限の公務はこなしてもらおうとは思っているが……」

サッとマーティンが一枚の紙を差し出してきた。春から秋にかけての行事予定表だ。すべてフレデリックが領主として参加するもので、これのどこかにフィンレイを伴えということだろう。

「領民たちは一目でもいいから殿下のお姿を拝見したいと熱望しております」

フレデリックは眇めた目でマーティンを睨んだ。この男にはフレデリックに対しての「遠慮」とか「気遣い」はない。ギルモアと同様、先代領主にも仕えていたせいだろう。若輩者のフレデリックを領主として支えていくだけでなく、教育しようとしている。その姿勢を否定するつもりはない。ありがたいとすら思っている。しかし時には、もうすこし気遣ってくれてもいいのではないかと愚痴《ぐち》をこぼしたくなるものだ。

「前にも言ったはずだが、私はこの結婚に納得していない。やむなく受け入れただけであって、彼と普通の夫婦のような関係を築こうとは思っていない」

「なぜですか。とても純真でまっすぐで、王族にありがちな傲慢さはまったくなく、謙虚な方だと伺っています。それに、領主様は形だけの結婚のつもりでも、殿下はそう思っていないようではありませんか」

「……どうしてそう思う？」

「さきほど殿下がお持ちになっていた本の題名を見れば、わかりそうなものでしょう」

あなたもそう思ったはずだ、という目で見られ、フレデリックは視線を逸らした。

「わたくしといたしましては、せっかく殿下のお輿入れという祝い事があるのですから、最大限に利用したいと思っています。直近の行事にぜひ殿下を伴ってください。領民が喜びます。領内の景気が絶対によくなりますよ」

「そんな単純なものではないだろう」

「いいえ、過去に何度もそうした例はございます。領民たちがお祝いムードになれば財布の紐が緩み、購買意欲が高まります。市場はさぞかし賑わうことでしょう。さらに翌年には出生率も上がります」

「嫁が男でもか？」

「関係ありません。お祝い事であれば領民たちの気持ちは浮かれるのです」

直近の行事は「花祭り」だ。春になると領内では一斉に花が咲く。農夫たちは畑に種を蒔き、牧童たちは牧場に牛や馬を放つ。山の中にある石切場は、冬期のあいだ休んでいた作業を再開する。「花祭り」は春の訪れを喜び、豊かな実りを祈願するもので、三日間、街のいたるところで祈りの歌がうたわれ、夜には酒が振る舞われる。

毎年、初日に領主が花で飾った馬に乗り、街を練り歩くことになっていた。両親が生きていたころは、夫婦揃って馬に乗り、領民たちの前に姿を現していた。

特に儀式めいたものはなく、はじめて領民たちの前に出る行事が「花祭り」なのは、フィンレイに似合っているかもしれない。本人も楽しめるだろう。

「……考えておく」

行事一覧を受け取り、フレデリックはマーティンを下がらせた。となりの部屋に、ほかの役人たちと並んでデスクがある。

呼び捨てにしてほしい、と望んだフィンレイの真剣な顔を思い出す。どうやら彼はフレデリックの家族になるつもりのようだ。

「フィンレイ、か……」

ついさきほどの『事故』も思い出し、フレデリックは複雑な心境になった。

子供たちと接触させないようにしていたが、フィンレイはみずから飛びこんでいったという。あげくに木登り。そして落下。ローリーの知らせを受けて駆けつけておいてよかった。フレデリックがとっさに受け止めなければ、きっと大ケガを負っていただろう。もし真下に子供たちがいたら、ただでは済まない大事故になっていた。フレデリックが怒ったら、フィンレイは即座に謝った。自分でも大変な失敗をしてしまったと自覚していたようだ。その表情から、本気で反省しているのは伝わってきた。

とんだお転婆な嫁をもらってしまった――と呆れながらも、フレデリックはこの快活さがじつは嫌いではない。室内に閉じこもって日がな一日、刺繍《ししゅう》をしたりおしゃべりに興じたりする貴族の女性たちの暮らしぶりより、よほど健全だ。

妻が木から落ちるなんて、とんでもない事故もあったものだ。うっかり笑ってしまいそうになり、自制心で抑えこんだ。

もうひとつ、フィンレイを見直したのは、領地に関する書籍を多数、図書室から持ち出していたことだ。嫁いだ土地について学ぼうとしている姿勢は素晴らしい。ぜひ知ってくれ、そして好きになってくれ、とフレデリックは微かに期待してしまった。

挙式前夜に城内を徘徊していたときは挙動があやしいと思ったが、今日の木登りの件とあわせて鑑みるに、ただじっとしていられない性格なのではないだろうか。挙式のときも、婚礼衣装がフレデリックの姉のお下がりだと知っても腹を立てなかった。キラキラと黒い瞳を輝かせて、フレデリックに微笑みかけてきた。ウィルフの密命を受けて、これからフレデリックに嫌がらせを仕掛けようとしているとは、とても見えなかった。

いや、まだ信用するには早い。これから徐々にウィルフの手先として動き出すかもしれないではないか。

気を引き締めなければ、とフレデリックは未決の箱に入れられた書類を手に取り、目を通しはじめた。

翌日の朝、フィンレイがフレデリックの部屋を訪ねてきた。いつかのように城内を徘徊した果てに突然来たわけではなく、ローリーを通じて訪問を予告してのことだ。なにやら話があるらしい。昨日のことだろうか。

朝食を済ませたあと、執務室に出かける身支度をちょうど終えたところだったフレデリックは、フィンレイを招き入れた。

「おはよう、フィンレイ」

昨日、二人のあいだで決めたように、フレデリックは呼び捨てにしてみた。フィンレイはハッと目を見開いてから、じわりと耳を赤くする。あからさまに照れられて、フレデリックはまるでなにも知らない初心《うぶ》な子供をからかっているような気分にさせられた。

「お、おはようございます」

フィンレイはぎくしゃくと中に入ってきて、フレデリックが促したソファに腰掛ける。

「もう朝食は済ませたのか？」

「はい」

頷いたフィンレイは一呼吸置いてから、「あの」と切り出した。

「お仕事前の忙しい時間にすみません。どうしても今朝のうちにフレ、フレデリック、に許可をもらっておきたいと思いまして……」

フレデリックを呼び捨てにするとき、ちょっとだけフィンレイはつっかえた。

「許可とは、なんのことだ？」

「ジェイとキースに会いに行ってもいいですか」

「なぜ会いたいのだ？」

「昨日のことを謝りたいのです」

フィンレイは大真面目に言っている。まっすぐにフレデリックの目を見つめてきた。

「昨日、よかれと思ってしたことが二人の心の傷になっていたとしたら、本当に申し訳ないです。あんなふうに泣かせるつもりはまったくありませんでした。心の傷はそう簡単には治らないと聞きましたが、せめて謝らせてください。二度と二人の前で危険なことはしないと誓います。もし、私が顔を見せることで二人がまた泣いてしまったら、すぐに逃げるつもりです」

フィンレイの憂いは理解できる。昨日の夕食を、双子は欠席した。ナニーの話によると、二人は大泣きしたあと疲れて昼寝をしたのだが、いつもより長く眠ってしまい、おやつの時間がずれこんだ。そのため食堂での夕食までに空腹にならなかったという。厨房《ちゅうぼう》に頼んで二人だけ別の軽い献立《こんだて》を用意してもらい、自室で取ったと報告を受けている。

昼寝のあとはケロッとしていたらしいが、フィンレイはずっと心配していたのだろう。

「あなたのことだ、私の了承を得ずに、こっそり会いに行くことは考えなかったのか？」

「もちろん考えました。あっ、いえ、えーと……」

フィンレイは狼狽《うろた》えて目を泳がせる。

「内緒で会いに行っても、すぐにバレますよね。叱られるのは嫌だから、とりあえず直談判してみようかなと思って……」

俯いて、フィンレイは膝の上で両手をもぞもぞさせた。

「駄目ですか？」

「私には謝ってくれないのか？　あなたが木から落ちて、肝を冷やしたんだが。しかも落ちてきたあなたを受け止めた。あのあと、しばらく両腕が痺《しび》れたようになってしまった」

「ええっ、そうだったんですか？　すみませんでした！」

ソファの上で尻を浮かすほどに驚愕したフィンレイは、顔を青くした。腕が痺れたなどというのは嘘だ。フィンレイは本当に軽くて、たいした負担ではなかった。

「いまは？　いまもまだ痺れが残っていますか？　医師には診せましたか？」

「もうなんともない。医師には診せていないが――」

「すぐに医師を呼んできます」

パッと立ち上がったフィンレイが扉に突進していく。「待ちなさい」と制止したが廊下へ飛び出して行ってしまった。脅しのために嘘なんかつかなければよかったと後悔しても遅い。ため息をついて、追いかけるために仕方なく部屋を出ようとしたら、フィンレイが戻ってきた。

「フレデリック、そういえば医師の家はどこですか」

必死な様子のフィンレイがかわいそうになり、フレデリックは「落ち着きなさい」と肩を抱き寄せて部屋の中に入れた。背中を撫でてやり、額に滲んだ汗を手で拭ってやった。

「もうなんともないと言っただろう。医師に診せるほどのことはなかったのだ。私が言っていることがわかるか？」

「……はい」

こくんと頷き、縋《すが》るような目でフレデリックを見上げてくる。庇護《ひご》欲をそそる、子馬のような目だった。これが演技だったらたいしたものだ。自然にしか見えない。

「もう二度と、木登りはしません」

「私は二度とするなとは言わない。ただ体重をかける枝はきちんと見極めが必要だ。昨日は子供の帽子を取ろうとしたのだろう？　それに関しては礼を言おう」

驚いたように目を見開き、フィンレイが長いまつげを動かして何度も瞬く。フレデリックが礼を言ったのが、よほど意外だったのだろう。苦笑いがこぼれる。

「ジェイとキースに会うのを許可する。むしろ会ってやってほしい。あなたが元気な姿を見せれば、二人は安堵するだろう」

「あ、ありがとうございますっ」

フィンレイがパッと明るい表情になり、心から嬉しそうに笑った。

玄関ホールに置かれた柱時計が重々しい音を出して時刻を告げる。そろそろ出勤しなければならない。

「すまないが、もう行かなければ」

「そうですね、そうでした。あの、ジェイとキースが大丈夫そうなら、ちょっとだけ遊んでもいいですか？」

「短時間だけならかまわない。あの子たちも一応、一日の予定が決まっている。ナニーに確かめてくれ」

「わかりました」

キッと目元を引き締めて、フィンレイはぺこりと頭を下げると、「失礼します」と去って行った。廊下を歩いて行く後ろ姿をなんとなく眺めていたら、フィンレイはしだいに踊るような足取りになり、階段にさしかかると手すりにひょいと跨がった。スーッと滑って姿が見えなくなる。

「…………」

いまのは現実にあったことだろうか。それとも幻覚か。たぶん……現実だ。実際に、フィンレイは小躍りしたあと階段の手すりを滑って下りていったのだ。

普通、高貴な生まれの王子ともあろうものは、あんなことをしない。

フィンレイは一度も振り返らなかった。フレデリックが見ていたことに気づいていなかったはず。わざと無邪気なふりをしたとは思えない。

どう考えても、王太子の密命を受けた悪意ある王子には見えない――。

フレデリックは低く唸り声を上げて、これからフィンレイをどう扱えばいいのか、いくつかある選択肢のどれを取ればいいのか、懊悩《おうのう》を深くした。

◇

ついさっきまではしゃいでいたジェイとキースだが、無口になったなと思ったらブランケットの上で眠っていた。そばにいたナニーの女性が、「あらあら」と微笑んで二人の上にもう一枚のブランケットをかけてあげる。

広い庭の、双子用に整備された一画で、今日も遊んだ。フレデリックの許可を得てからジェイとキースに会いに行き、短時間だけ遊んだ日から、なし崩し的に毎日遊ぶようになっている。フレデリックから苦情は届いていないので、黙認してくれているのだろう。

「フィンレイ様のおかげで、わたくしの寿命が延びました」

「大袈裟《おおげさ》ですよ」

ナニーの女性が笑ってそんなことを言う。育児経験があるこの女性は、フィンレイが双子の相手をはじめたとき、心身ともに疲弊して窶《やつ》れていた。元気なジェイとキースに振り回されて、倒れる寸前だったという。

フィンレイの母親ほどの年齢だろうから、とてもではないが元気な二人にはついていけない。面倒を見なければならない子供が二人もいるのだから、ナニーも二人にするべきだと思ったら、もともとは二人いたという。もう一人は過労で休職中らしい。代わりのナニーを募集中だというが、なかなか応募がなく、困っているところだったと聞いた。

「この子たちの午後の予定は、美術の勉強でしたよね？」

「そうです。まだ時間はあるので大丈夫です」

美術の勉強とはいっても、まだ四歳なのでお絵かきを楽しむだけだ。ほかに音楽の講師も来るらしい。どちらかといえばジェイは絵が好きで、キースは歌ったり踊ったりすることが好きと聞き、双子でも好みが違うのは面白いなと思った。

フィンレイはふと視線を感じて振り向いた。青い芝生の庭の向こう、城の建物の窓からこちらを見ている人影がある。

（ライアンだ……）

一瞬だけ目が合った。すぐにふいっとライアンは窓からいなくなってしまう。

（彼とも話したいな）

ジェイとキースの双子とは仲良くなったが、ライアンとはあいかわらず夕食のときしか顔を合わせていない。彼はディンズデール家の後継者なので、そのための教育を受けている。毎日とても忙しそうだ。まだ九歳。本人が納得しているとはいえ、重荷を背負わされて哀れに感じてしまう。まだまだ遊びたい年頃だろうに――。

フレデリックはライアンの教育方針に疑問は抱いていないようだ。やや反抗的な態度を取るのも、思春期の入口にさしかかったが故のものだと解釈している。だがフィンレイはそれだけではないように思っていた。

（どこかで発散させてあげないと、鬱憤《うっぷん》が溜まるよね……）

そういうものは小出しにした方がいい。祖父母は使用人の不満を小出しにさせて、貯まらないようにするのが上手だった。

フィンレイは、ライアンとの距離を縮めたいと思っている。いまのように双子と遊んでいる様子を遠くから窺うくらいには関心があるようだから、きっとライアンもなにかきっかけがあれば心を開いてくれるのではないだろうか。

（でもそのきっかけが……）

難しい。ライアンは忙しすぎるし、フレデリックは自分は正しいと信じて疑っていないので、フィンレイのそうした考えに賛同してくれそうにないし。

（どうしたものかな）

このままではライアンがどんどん孤独感を強めてしまう。それは後に、ディンズデール家にとってよくないことになると思うのだ。フレデリックが先代から受け継いだ領地を、つぎはライアンが統治していく。この土地で暮らす人々が心安らかに楽しく生きていくには、優れた領主の存在が不可欠だ。

双子が本格的な昼寝に入ってしまい、軽く揺すったくらいでは起きなかったので、二人した。大人用よりもずっと小さくて低い寝台に、そっと寝かせる。

フィンレイとナニーは一人ずつ抱っこして、二人の寝室へ移動を室内に運ぶことにした。


「では、また明日」

フィンレイはあとをナニーに任せて部屋を出た。これからなにをしようかな、と考えながらぶらぶら歩く。図書室であたらしい本を借りてこようかな、と進路を変更したところで、ギルモアに声をかけられた。

「フィンレイ様、こちらにおいででしたか」

小走りに近づいてくるギルモアは、フィンレイを探していたようだ。

「なんですか？」

「旦那様がお呼びです」

「えっ、まだ仕事中でしょう」

「役場の方でお待ちです。案内いたしますので、こちらへ」

夫の職場に行くのははじめてだ。フィンレイはドキドキしながらギルモアのあとをついていった。役場と呼ばれている場所は城の一部ではあったが、居住域とのあいだには頑丈そうな扉がつけられており、警備兵が立っていた。そこでギルモアからマーティンに案内役が代わる。

「殿下、おひさしぶりです。お元気そうでなによりです」

うやうやしい仕草でフィンレイに礼をしたマーティンに連れられて、役場の中に入った。

役場は飾り気がなくてとても簡素な造りだった。廊下の両側にいくつかの小部屋があり、扉には『会議室』だの『資料室』だのといった札がつけられている。どの部屋にも人がいて、無駄口を叩くことなく黙々となにかをしているのが、扉の中程にはめこまれたガラス越しに見えた。

マーティンはなんの彫刻も施《ほどこ》されていない味気ない扉をノックした。

「領主様、フィンレイ殿下をお連れしました」

どうやらここが領主の執務室らしい。開かれた扉の向こうは、こぢんまりとした書斎のような雰囲気で、窓を背にしたデスクにフレデリックがいた。フィンレイを見ると、ひとつ頷いて立ち上がる。

「急に呼び立ててすまない。あなたにすこし話があって」

「こちらにどうぞ」

マーティンに促されて、ちょっとした話し合いに使えそうな四人掛けの楕円形《だえんけい》のテーブルにつく。正面にフレデリックが座った。いったい何事かと緊張していると、マーティンが一枚の紙をフィンレイの前に滑らせる。

「これは一年間に予定されている、ディンズデール領の公式行事一覧だ」

冬に行われるのは新年の祝賀会だけで、あとは春の花祭りからはじまって、初夏の植樹祭、真夏の納涼祭、秋の収穫祭など、一月に二つか三つくらいはなにかがある。これに国の行事が入ってきて、領主はそれにも出席しなければならないのだから、通常の執務とあわせるとかなり多忙になるのがわかる。

「できればフィンレイに公務としていくつかの行事に参加してもらいたい。無理にとは言わないが」

「ああ、そういうことですか」

なにか大変なことでも起こったのかと身構えてしまった。公務に関する話なら、最初からそう言って呼び出してくれればよかったのに。やっと領主の妻としての役目を果たせるのなら、なんでもやりたい。

「私としては、できるだけ行事に参加したいです。領民たちとも触れ合いたいですし」

「そうか、よい心がけだ。では直近の行事だと、十日後の花祭りだな」

「どんなお祭りなんでしょうか」

王都にはなかった祭りだ。マーティンがざっと説明してくれた。

「城下町の広場にありったけの花が飾られ、春の訪れを祝います。三日間、祭りは続き、毎年初日に領主様が花で飾った馬に乗り、城下町を練り歩くのです。殿下もおなじように花で飾った馬に乗っていただき、領主様と並んで広場から広場へと渡ります。難しい儀式はありません。ただ春が来たことをみんなで喜ぶだけです。それはそれは華やかな、楽しいお祭りです」

話を聞くだけでわくわくしてくる。花で飾った馬に乗ったフレデリックは、凜々しくも煌びやかでさぞかし格好いいことだろう。その横に自分がいてもいいのなら、ぜひ出てみたい。

「楽しみです」

フレデリックは微笑んで、静かに頷く。

「あ、そうだ、マーティン、言っておかなければならないことがあります。私のことはもう殿下と呼ばないでください」

「……殿下が、そう望まれるなら……」

マーティンがフレデリックの様子を窺うように視線を動かした。フレデリックは軽く肩を竦め、「フィンレイは使用人たちにもそう命じたから、あまり深く考えなくていいぞ」と付け足してくれる。

「わかりました。では、役場に勤務するものたちに伝えておきます。ですが、領民たちすべてに周知させるのは時間がかかります」

「それは別にかまいません。ただ私がそうしてほしいと思っているだけのこと。殿下と呼んでしまったからといって罰など与えないでくださいね」

「では、フィンレイ様、花祭り以降のことも、ご説明させてください」

マーティンが続いて今後の行事の話もした。結婚したばかりだし、顔を覚えてもらい親しみを持ってもらうためにも、領民たちの前に姿を見せてほしいと言う。願ったり叶ったりだ。

「そんなの、この顔でよければいくらでも見せますよ。時間を持て余しているところだったので、なんでも言ってください」

「ありがとうございます」

マーティンがホッとしたような笑顔になったので、フィンレイもにっこりと笑った。フレデリックだけあまり笑みを見せてくれなかったので、フィンレイはちょっとばかりそれが気になった。

◇

花祭りの日がやってきた。

フィンレイはフレデリックとおなじ花柄の生地《きじ》の衣装を着て、春の花で編んだ花冠《かかん》をつけた馬に跨がり、横に並ぶ。いつの間に揃いの衣装を用意したのかと驚いたフィンレイに、フレデリックは「じつは両親が使用したものだ」と説明した。

生前、この祭りに参加したときに仕立てたものだ。父親とあまり体格が変わらないフレ

デリックはそのまま着ることができたが、フィンレイの方はそうもいかない。婚礼衣装とおなじく、急いで直したのだ。

「使い回しだが、我慢してくれ。来年は仕立てよう」

どんな反応をするかなと、わざとそう言ってみたら、フィンレイは「我慢なんて」と驚いた。

「フレデリックのお母様が身につけた衣装をお借りすることができて、私は嬉しく思っています。こんなに可愛らしくて素敵な衣装、はじめて見ました」

「そうか」

大国の王子として生まれ育ったフィンレイが、この程度の衣装を「はじめて見た」などと信じられるわけがない。わざとらしい賛辞に、「せっかく似合っているのに、もっと信憑《しんぴょう》性《せい》のある一言が出せないのか」といささか不満に思いつつ、馬首を並べて街に出た。

「領主様、ご結婚おめでとうございます！」

「フィンレイ殿下、ご結婚おめでとうございます！」

フィンレイがはじめて領民たちの前に姿を現すと告知してあったこともあり、大歓迎された。みなそれぞれ籠に花を盛って抱えており、フィンレイが通りかかると声をかけてくる。祝いの声とともに籠の中の花を投げてくれるのだ。フレデリックとフィンレイが通り過ぎたあとは、花の絨毯を敷き詰めたような道になった。

どこへ行っても領民たちの笑顔があり、フィンレイは大人気だ。マーティンが「景気がよくなる」と楽観的すぎる予想を口にしていたが、当たるかもしれない。

フレデリックはにこやかな表情を保って練り歩きながら、ここぞとばかりに城下町をじっくり見て回った。馬車で通り過ぎるだけでは気づかないことを、こうした機会に感じられることがある。善政を敷くと口で言うのは簡単だ。いくら豊かな土地でも、緩めすぎると堕落する可能性があるし、かといって締めつけすぎても領民たちは萎縮してしまう。なにごとも、ほどよく。現状をよく見極めて、政治を行わなければならない。実際にそれができる者には、それ相応の能力が必要だ。そして努力も。

さらにフレデリックは、ディンズデール領の象徴的存在として、いつも威厳を保たなければならなかった。領民たちに慕われ、尊敬されるというのも、難しい。

つくづく、先代も先々代も偉大な領主だったと思う。

「わあ、あんなところにも花が飾ってあります」

フィンレイが指さした方向に視線を向けると、道沿いの民家の屋根に、花束がいくつも括りつけられていた。フィンレイは笑顔を絶やすことなく、祝ってくれる人々に手を振って応えている。はじめての公務を頑張っているフィンレイの姿を横で見ていて、領民達を慈しもうとしている姿勢に嘘はないと感じた。

フレデリックも領民たちに手を振った。領主になってからずっと一人で花祭りに参加してきた。形だけの妻とはいえ、こうして一緒に練り歩いてくれる人がいると精神的な負担が減るのか、祭りを楽しむ余裕があった。ごく自然に笑顔が浮かぶ。

「すこし休憩しよう」

朝から城を出て、太陽が中天にさしかかってきた。そう提案すると、フィンレイはかすかにホッとした顔になった。明るい笑顔を振りまいていたので気づかなかったが、すこし疲れを覚えていたようだ。

あらかじめ街中に天幕を張って休憩できる場所を作ってあったので、そこで馬を降り、軽く昼食を取ることにした。

休憩場所を仕切っているのは役場のものたちだ。彼らはフィンレイを待っていたらしく、我先にと群がり、給仕しようとする。あきらかにフィンレイが困惑していた。これでは休めない。

「妻のことは私がやるから、おまえたちはすこし下がっていてくれないか」

仕方なくフレデリックが役人たちを下がらせた。天幕の中で二人きりになり、やっと一息つける。椅子に腰を下ろし、やれやれとばかりに背もたれに体をあずけた。

「ありがとうございます」

小声でフィンレイが礼を言ってきた。あなたのために人払いをしたわけではない、自分のためだと言いかけて、フレデリックは言葉を飲みこんだ。二人のために役人たちを遠ざけたのは事実だ。

フレデリックはみずからポットの冷茶をティーカップに注いだ。ひとつをフィンレイに差し出す。両手で受け取ると、彼は静かにお茶を飲んだ。

「美味しいです」

「そうか」

フレデリックも飲んだ。火照って汗が滲んでいた体に、冷茶が染みるようだ。二人でゆっくりとお茶を味わったあと、ハムとチーズのサンドイッチを食べた。

「このあと、街の北側にも行く。あなたはここで城に戻ってもいいが、どうする？」

「私も行きます」

「無理をしなくていい。あなたはじゅうぶん、領主の妻としての働きをした」

これは本音だ。期待以上にフィンレイは妻らしく振る舞ってくれた。妻の評判が上がれば、おのずと領主の信頼度も上がるというものだ。ここで帰っても、フレデリックは腹を立てはしない。

けれどフィンレイは黒い瞳でまっすぐに見つめてきて訴えた。

「私が邪魔でなければ、最後まで隣にいさせてください。みなさんに会いたいですし」

邪魔なわけがない。フィンレイはフレデリックの隣にいることにこだわっているようだった。ここで強引に帰してしまったら失望のあまり泣き出してしまいそうな空気を感じ、フレデリックは「では、最後まで付き合ってくれ」と頼んだ。

「はい、頑張ります」

元気のいい返事に、フレデリックは笑みを誘われた。

休憩を終わらせてふたたび馬上の人となり、フィンレイと街の北側へと進んだ。こちらでも大歓迎され、行く先々で花だらけにされた。領民たちはとても楽しそうで、フィンレイも最後まで笑顔だった。あまりにも朝と変わらない笑みを浮かべているので、心配になったほどだ。

つい何度も体調を問う声がけをしてしまい、その様子がとても仲睦《なかむつ》まじく見えたようで、新婚の領主夫妻は幸せそうだと、翌日には領地中に広がるほどの噂になったらしい。ずいぶんたってから、フレデリックは役人から聞くことになった。

花祭り初日は無事に終わり、二人は日が暮れる前に城に戻った。薄暗くなってきた馬小屋で、待っていた厩番《うまやばん》に手綱を渡した。

朝から夕方までずっとフィンレイといっしょにいたのだが、不思議なことに気疲れはしなかった。ごく自然にそばにいられたのは、意外だった。なぜだろう、と首を捻りながら城の通用口に向かって歩きだそうとしたところ、フィンレイが立ち止まっていることに気づいて振り向いた。

フィンレイが両手を後ろに回して、なにやらごそごそとしている。「どうした?」とフレデリックが聞くと、「いえ、ちょっと……」と言葉を濁す。

「どこか具合でも悪いのか？」

「その、ちょっとだけ、お尻が痛くなっただけです。ここのところ馬に乗っていなかったし、運動不足だったので」

「ああ、そうか……」

これはこちらが悪い。率直に「すまない」と謝った。

「馬場を自由に使っていいと、私は言っていなかったな。申し訳ない」

「いいえ、フレデリックが謝ることはなにもありません。私の方からお願いすればよかったのに、うっかり失念していました。花祭りに同行すると決めたとき、一日中馬に乗ると聞いていたのに、体を慣らしておくことまで気が回りませんでした」

「いや、私の気配りが足りなかった」

日中、何度も疲れを確認する声かけをしたが、それより前にやらなければならないことがあった。そこまで気が回らなかった自分が情けない。

「今日は祭りに参加できて、本当によかったです。あんなにたくさんの花を見たのははじめてでした！　領民のみなさんがすごく手を振ってくれて、フレデリックはやっぱりとても人気がある領主だってわかりました」

「私はおのれに課された仕事をこなしているだけだ」

「それって簡単じゃないです。さすがフレデリック、さすが私の夫だって、誇らしかったです」

フィンレイが今日一番の笑顔になった。もう夕暮れなのに、フィンレイだけが輝いて見える。

「それに、フレデリックと一日中ずっといっしょにいられて、幸せでした」

照れくさそうに付け加えられた言葉が、フレデリックの中のどこかに響いた。

「私も、その、楽しかった」

つるっと口から出てしまった。言ってしまってから焦ったが、取り消しはきかない。

フィンレイは感激したように目を潤ませている。

「そうですよね、楽しかったですよね！　よかった、よかった！」

その場で飛び跳ねて、フィンレイが喜びを表わした。自分のたった一言で、この子はこんなに喜ぶのか、とフレデリックは複雑な心境になる。

もっと喜ばせたいと思った。

「これからは馬場を好きに使ってくれていいから」

「はい。ありがとうございます」

「あなたは体を動かすことが好きなんだな」

「そうですね。どちらかというと」

「けれど本も読む」

「本は好きです。物語よりも実用書に偏《かたよ》りがちですけど。図書室にはたくさん本があって、どれもこれも読みたくなって大変です」

うむ、とフレデリックは頷く。

「図書室の本もいいが、より専門的なものは領主の書斎にある。物足りなく感じたら、ギルモアに言っておくから書斎の本を持ち出しても構わないぞ」

「ありがとうございます」

話しながら通用口へと向かう。城の中に入ったら、フィンレイとの時間は終わりだ。なにか話すことはなかったかと、フレデリックは考える。

「あなたは毎日のように双子と遊んでくれているようだが、面倒ではないか？」

「面倒ではありません。私があの子たちと遊びたくてやっているんです」

「あなたが遊んでくれるおかげでナニーの負担が減ったらしい。感謝している」

ハッとしたようにフィンレイがフレデリックを見上げてきた。潤んだ瞳はまるで黒曜石のようで、引きこまれそうな魅力を秘めていた。

急にフィンレイがおとなしくなってしまい、話題が続かなくて、それからは無言で歩いた。とうとう通用口に着いてしまう。

「フィンレイ、今日は本当にありがとう」

「い、いえ、こちらこそ、ありがとうございました……」

通用口にはギルモアとローリーが待っていた。フレデリックはギルモアを従えて自室へ向かう。フィンレイはローリーとともに反対方向へ歩いていった。

自室に入ってすぐ、ギルモアに手伝ってもらって花祭りの衣装を脱ぐ。

「花祭りはいかがでしたか」

ギルモアに尋ねられ、「天気に恵まれ、領民たちはとても楽しそうだった」と答えた。

「旦那様、わたくしはフィンレイ様とはじめてお出かけになられて、どうでしたかと尋ねたつもりです」

「……まあ、なかなか楽しかった」

「それはようございました」

ギルモアは控えめに微笑み、脱がせた衣装を丁寧に畳む。

「領民たちはみなフィンレイを歓迎していた」

「今日のフィンレイ様はたいへんお可愛らしかったですから」

「……まあ、そうだな」

笑顔が輝いて見えたのは、もしかして衣装の効果が大きかったのかもしれない。まるで最初からフィンレイ用に仕立てたかのごとく、とても似合っていたから。

「そうだ、フィンレイが長時間の乗馬のせいで腰と尻が痛くなったと言っていた」

「それはいけません。貼り薬をあとで届けさせましょう」

これについては反省している。フィンレイ本人は鍛練が足りなかったせいだと、一言もフレデリックを責めなかったが、あきらかにこちらが悪い。運動不足になるのは当然の生活を強いていたのだ。祭りの前に、乗馬を勧めることくらいはしなければならなかった。

挙式から一月。いくら政略的な結婚とはいえフィンレイは恨み言ひとつ口にせず、薄情な夫をまったく責めない。むしろ多大な好意を感じる。

（誇らしいとまで言ってくれたな……。いい子なんだろう）

いつの間にか裸にされていて、フレデリックはギルモアに浴室へと連れて行かれた。

一日の汗と埃を湯で流しながら、またフィンレイのことを考える。マーティンの助言を取り入れてフィンレイに公務を割り振ることになったが、正解だったようだ。領地のことを学ぶほどに関心を示してくれているフィンレイなら、きちんとこなしてくれるだろうし、領民たちが喜ぶ。行く先々で熱狂的に迎えてくれた領民たちの顔が思い浮かんだ。

さっき、フィンレイに礼は言った。言葉だけでは足りないような気がする。もっとなにか――。

そこでふとひらめいた。

「ギルモア、今日の祭りを盛り上げてくれた褒美《ほうび》に、フィンレイになにか贈り物をしてもいいだろうか」

「なにがいいか、わかるか？　フィンレイがなにを欲しがっているのか、私にはまったくわからないいんだが」

「わたくしにもわかりません。ご本人にお聞きしたらどうでしょうか」

「本人か……」

フィンレイに面と向かって尋ねるのは芸がないが、それが一番失敗がないかも、と思った。フィンレイが持ってきた衣類は上質ではあるがいまいち地味で、最高級品と呼べるほどのものではない。ローリーに嫁入り支度の日用品について尋ねてみたら、衣類同様に、王子であればもうすこし華やかさと高級感があってもいいと感じるくらいのものらしい。

おそらく王家からの支度金がそれほど多くなかったのだろう。足りないもの、欲しいものがあるはずだ。しかし、的外れのものを贈って失望されたくない。

湯浴《ゆあ》みを終えて夕食用の服を着て食堂へ向かった。頭の中はフィンレイに「欲しいものを聞く」という課題でいっぱいだ。

食堂に到着すると、すでに家族は揃っていた。華やかな祭り用の衣装を脱いだフィンレイは、いつもの服装になっている。しかし目が合うとはにかむような笑顔になり、昨日までの夕食時とはすこし違っているように感じた。今日一日をずっといっしょに過ごしたからだろうか。

食事がはじまるまえに聞いておこうと、席についてすぐにフィンレイに尋ねた。

「フィンレイ、今日の礼に私からなにか贈りたいと思う。なにか欲しいものはあるか?」

突然過ぎたようだ。フィンレイはきょとんとして、「今日の礼、ですか?」と小首を傾げた。

「私は君に感謝のしるしとして贈り物をしたい」

「そのお気持ちだけでじゅうぶんです」

欲のないことを言われて、フレデリックは座ったままひっくり返りそうになった。こちらから贈り物をしたいと申し出ているのに——。

ディンズデール領は豊かだ。そのくらいのことはフィンレイも知っているだろう。こちらの懐具合を気遣って遠慮しているのか——と勘ぐったが、フィンレイのニコニコ顔は嘘を言っているようには見えなかった。妻が贅沢を好まない質素なたちなのは大歓迎だが、この場合、「欲しいものは?」という質問に答えてくれたらありがたい。

「いや、その、私は君に贈り物をしたいのだ」

「いまのところ物には満たされているので、とくに欲しいものはありません。お気持ちだけ受け取っておきます」

ご機嫌な笑顔で向かい側に座っているフィンレイは、本当に欲しいものがないのだろう。それはそれで仕方がない。だがフレデリックは気持ちの持って行き場がない。

ライアンが呆れた顔でこちらを眺めているのが視界に入った。なぜそんな目で見るのか。甥の目が気になったが、ここはなんとしてでも着地点を探りたい。

「フィンレイ、では質問を変えよう。なにかしたいことはあるか？」

「したいこと、ですか？　それなら……」

「なんだ？」

「あの、怒らないで欲しいんですけど……この城に猟銃はありませんか」

「は？」

「見せてもらいたいんです」

意外な要求にフレデリックは絶句したが、すぐにフィンレイに狩りの経験があることを思い出した。まさか妻から猟銃を見せてくれと言われるとは思ってもいなかったので、一瞬、言葉を失ってしまった。

「猟銃か。私は貴族の嗜《たしな》みとして銃器の扱いを学んだ程度だが、亡くなった父は狩りが好きで、何丁か猟銃を所持していたはずだ。ギルモア、まだ保管してあるか？」

「もちろんでございます」

扉の前で給仕係に細かな指示を与えていたギルモアが、振り向いて頷いた。

「食事のあとに、案内しよう」

「ありがとうございます」

フィンレイが声を弾ませて礼を言い、「今日の礼の贈り物」は無事に決定した。フレデリックはホッと胸を撫で下ろした。

◇

フィンレイは鼻歌をうたいながら手の中で鍵をころころと転がした。革紐がついた古い鍵は、フレデリックから預かったものだ。

手渡すとき、「君のことを信頼している」と目を見つめてはっきり言ってくれた。

「やっぱり僕の旦那様は男らしくてカッコいいなぁ」

うふふ、とこらえても笑みがこぼれてしまう。弾む足取りで目的の部屋へ向かって廊下を歩いた。

夕食の席でフレデリックに猟銃を見せて欲しいとねだったのは四日前。フレデリックは銃器を保管してある部屋を教えてくれ、一通り見せてくれた。年代物の銃が何丁も並んでいて、壮観だった。しかし長年使われていなかったからか、どれも手入れが必要だ。このままでは使えなくなってしまう。もったいないのでフィンレイが手入れしたいと申し出たら、フレデリックがその部屋の鍵を渡してくれたのだ。

フィンレイは午前中を双子と遊んで過ごし、昼寝の時間になったので預かった鍵を持って自室を出てきた。毎日、暇を見つけてはすこしずつ手入れしている。領主の妻となった自分が、自由に野山で狩りができるとは思っていない。ただ、このままでは朽《く》ちていくだけの銃器が哀れだった。

フレデリックに信頼してもらえて嬉しい。やっぱり自分たちは会話が足りないと思う。夫婦なのだから意志の疎通は重要だ。それにフィンレイはフレデリックのことをもっと知りたい。

(夕食後の、就寝までの時間とか、ちょっとだけでも僕と交流する機会を作ってくれないかな。毎晩なんて贅沢は言わないから……)

そんなことを考えながら歩いていると、ライアンと行き会った。手には楽器のケースと楽譜を持っている。廊下の突き当たりは音楽室なので、きっといままで音楽の勉強の時間だったのだろう。

「こんにちは、ライアン」

「こんにちは」

にこりともせずにライアンは会釈してくる。フィンレイが足を止めたので、ライアンも立ち止まってくれた。

「いままで音楽室で勉強だったの?」

「はい、バイオリンの練習と、弦楽器の成り立ちについての講義を受けてきました」

「すごいね。まだ九歳なのに」

「もう九歳です」

きりっと言い返してきたライアンは、叔父のフレデリックにやはり似ていた。

つんと澄ました顔をして、頑張ってフィンレイに対して虚勢を張っているところが可愛いと思う。本人は「もう九歳」だと言ったが、やはり「まだ九歳」だ。さまざまな勉強を強制され、それに応えようと無理をしている。この年頃の少年らしい溌剌《はつらつ》さがすくないように感じた。

「このあと、また家庭教師が来る予定なの？」

「いえ、しばらくは自習時間になります」

「ちょうどいい。いまからディンズデール家所蔵の猟銃の手入れをしに行くところなんだけど、ライアンも来る？」

「猟銃……」

青い瞳が興味深そうに輝いた。

フレデリックとフィンレイが猟銃について話しているのを、ライアンが素知らぬふりをしながらも耳をそばだてて聞いていることに、フィンレイは気づいていた。距離を縮めるきっかけになるかもしれない。

「やっと一丁目の磨きが終わって、これから組み立てる作業に入るんだ」

「組み立て？」

「ちょっとだけでも見てみる？」

「…………」

ライアンの葛藤《かっとう》が透けて見えた。フィンレイと親しくなるつもりはないのに、やっていることには興味を引かれる、どうしよう、ちょうど時間がある、断る理由がない――といった感じだろうか。

「見るだけ。ね。おいで」

フィンレイが歩きはじめると、ライアンが躊躇《ちゅうちょ》しながらものろのろとついてきた。ふふ、とこっそり笑い、フィンレイは件《くだん》の部屋に向かった。預かっている鍵で扉を開け、中に入る。分厚いカーテンをまず開けて光を入れ、ランプもつけた。窓際のデスクの上には、分解した猟銃の部品がきれいに並べられている。

「これ、殿下が分解したんですか？」

「そうだよ」

ライアンだけが、まだ「殿下」呼びを改めてくれない。距離を置かれているな、と感じる。でもフィンレイは焦らないことにしていた。

「ひとつひとつ、専用の布で掃除して、専用の油で磨いて、組み立て直す。そのときに銃身に歪みや傷がないか確認しながらね」

フィンレイが手招きするとライアンが引き寄せられるようにしてデスクに歩み寄ってきた。椅子を追加して、座るように促す。それでもまだ戸惑っているライアンを優しく放置しておいて、フィンレイは作業に入った。

猟銃の手入れは、以前から自分でしていた。それが狩りの師の教えで、不発弾が少ない良質な弾の入手方法も、山での過ごし方もすべて彼から教授された。

（おっちゃん、元気かな……）

こうして銃器に触れていると、世話になった猟師のことを思い出す。急に結婚が決定し、一月後の輿入れに合わせていろいろな雑事がどっとのし掛かってきて、フィンレイは関わりがあった市井の人々にまともな別れができないままディンズデール領に来た。一応、手紙は出したが、はたしてちゃんと読んでくれただろうか。

祖父母や母親とは、手紙のやりとりをしているので近況はわかっている。けれど祖父母宅の使用人たち、山小屋で知り合った炭焼きの男、仕留めた獲物をいつも買い取ってくれていた肉屋の主人などとは、連絡は取っていない。懐かしい顔ぶれがつぎつぎと思い出されてきた。

寂しさはあるが、懐かしい気持ちの方がおおきくて悲しくはなかった。それはきっとフレデリックとの距離が縮み、子供たちとも会えるようになったからだろう。自分にはあたらしい家族ができた。未来は明るい。焦らずにゆっくりと、この土地に馴染んでいけたらいいと思う。

ライアンがあまりにも静かなのでチラリと目を向けると、瞬きを忘れたような必死の顔つきでフィンレイの手元に集中している。すこし興味があるどころではない。かなり好きなのだろう。前領主であるフレデリックの父親が狩りを好んで猟銃を揃えていたらしいので、ライアンはその血を引いているのかもしれない。

フィンレイは余計なことを言わずに黙って作業を続け、すべての部品を確認してから組み立てはじめた。最後のピースをはめて、全体をまたくまなく確認する。

「よし、できた」

「できたの?」

思わず口からこぼれた感じの問いかけは、年相応の子供っぽいものだった。ライアン本人はそれに気づいておらず、頰を紅潮させて元の姿に戻った猟銃を見ている。

「できたよ。とても良いものだし、使われなくなってもきちんと保管されていたから、古いけどまだ使える」

壁に向かって構えてみた。前領主には会ったことはないが、きっとフレデリックに似て体格が良いひとだったのだろう。ほとんどの猟銃は小柄なフィンレイには大きいし、重かった。なにか支えがないと照準が定まらない。

フィンレイは元あった場所にその猟銃を戻し、つぎはどれを手入れしようかなとわくわくしながら選ぶ。こんどは自分が使えそうなサイズのものをやってみようかな、と中型のものを手に取った。

「つぎはそれを分解するの？」

「うん、これにする」

「み、見ていてもいい？」

「いいよ」

ライアンはやっと椅子に座り、身を乗り出してフィンレイの手元に注目した。この部屋にある猟銃は作られた年代がほぼおなじらしく、造りがみんないっしょだ。サイズと装飾に制作者の個性がある程度なので、分解と組み立てはそう難しくなかった。

フィンレイが苦もなく猟銃をバラバラにしていくのを、ライアンは目を丸くして見ている。ときどき、「すごい……」というつぶやきが聞こえた。

分解して、ひとつもパーツをなくさないようにきれいに並べていたら、手元が暗くなってきた。日が傾いてきたのだ。ずいぶんと長時間、ここにこもってしまったようだ。

「さあ、今日はここまでにしよう。部品には触らないでね。なくすと大変だから」

「これ、ひとつひとつを掃除するの？」

「そうだよ。ほら、これなんか専用油が固まって、そこに埃がついてしまっているだろう？　こんなふうになると正常な動きができなくなるから、きれいに拭き取ってあげる。

その際に、傷がないか欠けがないか、よく見ながらね」

「傷とか欠けがあった場合は、どうするの」

「銃器専門の職人がいるから、直せるかどうか問い合わせる。それか、中古の部品屋に行って、おなじものがないか探す」

「へぇ……」

「王都には顔見知りの職人がいるけど、ディンズデール領に専門の職人がいるかどうか知らないから、フレデリックに聞かないと」

フレデリックの名前を出したからだろうか、ライアンがハッと我に返ったように顔を上げて、いきなり立ち上がって飛び退いた。まじまじとフィンレイを見つめたあと、慌てたように「失礼しました」と頭を下げる。

「あの、あの僕は、これで……。自習しなければならないので……」

フィンレイは窓の外を見た。もう夕方だ。じきに夕食の時間だろう。自習できる時間の余裕はあまりなさそうだ。言葉にしなくともライアンもそれがわかったのか、顔を赤くした。恥ずかしがっているところが、また子供らしくて可愛い。どんなに大人ぶっても、やはりまだ九歳で、上手に感情を隠して嘘をつくことはできない。

「ライアン、明日のおなじ時間に私はここに来る。もし時間があったら、君もおいで。すこし手伝ってくれると嬉しいな」

「それは……」

「もちろん、無理にとは言わないよ。できれば、ってこと」

ライアンははっきりと返事をしないまま、逃げるように部屋を出て行った。ふふふ、と笑いながら、フィンレイも部屋を出て鍵をかける。

自分の部屋に戻ると、ローリーが待ち構えていた。水差しとタライ、石鹸《せっけん》を用意している。フィンレイの手を見て、やれやれといった感じに肩を竦めた。はじめて会ったころよりもずっとローリーは表情が豊かになっている。

「さあ、手を洗ってください。念入りに、ですよ」

そして遠慮がなくなった。打ち解けた証なので、フィンレイは嬉しい。

「ちゃんと石鹸を使ってくださいね」

「はいはい、わかっています」

銃器専用の油に触れると、どうしても指が汚れる。ローリーが合格点を出すまで、ひたすらに手を洗うことになる。やっときれいになると、こんどは夕食のために着替える。身なりを整えて食堂へ行けば、子供たちがちょうどやってきたところだった。

ライアンと目が合う。いままでは冷たく見返すか顔をそむけるかだったのに、今日は気まずげに俯いた。耳がほんのりと赤くなっている。いい変化だ。きっと明日もあの部屋に来てくれるだろう。

ふふふ、とこっそり笑ってひとり悦に入っていると、正面からの視線に気づいた。フレデリックが不審げなまなざしを送ってきている。なにかな、と不思議に思いながら、にっこりと笑ってみせた。

そのときフレデリックはなにも言わなかったが、食事が終わると、固い表情でフィンレイに「着替えたら私の部屋に来てくれ」と言い置いて食堂を出て行った。

驚きすぎて、しばしぽかんとしてしまった。部屋に呼ばれたのははじめてだ。木登り落下事件のときに訪問して以来、足を向けていない。自分で気づかないうちに、なにか大変な失敗をしたのだろうか。

慌てて自分の部屋に戻り、ローリーに「大変だ」と駆け寄った。

「どうかなさいましたか？」

「フレデリックに呼ばれちゃった。着替えたら部屋に来てくれって」

ローリーは目を丸くして「まあ」と声を上げたが、冷静だった。

「とりあえず着替えましょう。旦那様は『着替えたら部屋に』とだけ言われたのですね？でしたら、おそらく少しお話がある程度だと思いますので、支度はしなくてもよさそうですね」

「支度？」

一瞬、意味がわからなくて棒立ちになったフィンレイだが、すぐに意味を察した。

カーッと顔が熱くなってきて、おろおろしてしまう。

「えっ、それは、それはないよね。いきなり、それは……だってそういう雰囲気じゃなかったし」

「はい、ないと思います。こちらに着替えてください」

ローリーは部屋着の中でも若干かしこまった意匠のものを選んで出してくれた。言われるがままに着替える。それからフレデリックの部屋に向かった。長い廊下を歩きながら、どうしても浮き足立ってきてしまう。

夫婦生活の誘いではないと自分もローリーも判断したが、可能性はゼロではない。

やっぱり湯浴みした方がいいのでは、と引き返したくなるが、いやいやその展開はないだろうとふたたび否定する。

（じゃあ、用件はなに？　悪い話じゃないといいけど）

花祭りのおかげで二人の距離が縮まったと感じていた。このまま、ゆっくりでいいから自分たちなりの信頼関係を築いていけたら嬉しいと思っていた。

いささか緊張しながら扉を叩き、「どうぞ」というフレデリックの声を聞いてからそっと開けた。入ってすぐの居間に、フレデリックがいた。部屋着に着替えていて、ティーテーブルにギルモアがお茶の用意をしている。

「失礼します」

ぎくしゃくと中に入り、扉の前で立ち尽くす。フレデリックが「座ってくれないか」と言ってくれるまで動かなかった。いや、動けなかった。

木登り落下事件のときは双子を泣かせてしまったことが申し訳なくて、それで頭がいっぱいだった。だからはじめて領主の部屋に足を踏み入れることへの緊張はそれほど感じなかった。しかしいまはドキドキし過ぎて心臓が口から飛び出そうになっている。

しずしずとテーブルに歩み寄り、ギルモアが引いてくれた椅子に腰掛けた。お茶の準備をすべて整えたあと、ギルモアは静かに部屋を辞していく。二人きりになってしまった。いったいなんの話だろうか。落ち着け、と自分に言い聞かせながらお茶を飲む。

「聞きたいことがあるんだが」

フレデリックが静かに切り出した。フィンレイは背筋を伸ばして居住まいを正し、「なんでしょう」と返事をする。

「いつの間にライアンと仲良くなっていたんだ？」

「えっ」

「さっき食堂で意味ありげな目配せをしていただろう。私に隠し事はしないでほしい。どうやってライアンを手懐けたのか教えてくれ」

冗談ではなくフレデリックは本気で言っているらしい。目が真剣だ。これは失敗を咎められているわけではなさそうだ、とフィンレイは内心で安堵した。それと同時に、用件が色っぽい話ではなかったことにがっかりする。

「手懐けたという表現はちょっとアレですけど……」

「ああ、そうだな。ライアンは野生動物ではない。訂正する」

即座に言葉の選択の間違いを受け入れるところが、フレデリックの優れたところだ。つい笑みがこぼれる。

「今日も猟銃の手入れをさせてもらったんですけど、ライアンを誘ったんです。とても興味深そうでしたよ」

「ライアンが、猟銃の？」

「先代はライアンにとって祖父にあたりますよね。もしかしたら好みが似ているのかもしれません。今後、狩りの手解《てほど》きをする予定はありますか？」

「……考えていなかった。私があまり好きではないので……」

思ってもいなかったことだったらしく、フレデリックは唖然としている。「そうか、狩りか」と呟いて考えこんだ顔を、フィンレイは微笑みながら見守った。

ライアンの養育に責任を持ち、立派な領主に育てようとしているフレデリック。詰め込み教育をしてしまうのも、ライアンのことを真剣に考えるが故だ。

「フレデリック、これからときどき、ライアンに猟銃の手入れを手伝ってもらってもいいですか。勉強に差し障りがあるほどはさせません。部品に触れたり磨いたりすることがとても面白いみたいでしたし、勉強の合間のちょっとした息抜きにもなると思うんです」

「息抜き……」

ハッとしたようにフレデリックが顔を上げる。

「そうか、そうだな。ライアンには息抜きが必要だ。猟銃の手入れが息抜きになるなら、やらせてみよう。フィンレイは詳しいのだろう？　あなたが側で見ていてくれるなら、私は安心だ」

「もちろん、目を離したりはしません」

ついでに銃器の基本的な知識をライアンに教えることができたら、これもまた勉強だと思うのだ。

「フィンレイ、なぜライアンを誘ったのだ？　なにかきっかけがあったのか？」

「花祭りのあとに、フレデリックが私に褒美をくださるという話をしましたよね。あのとき猟銃の手入れをしたいと、私が望みました。そのやり取りを聞いていたライアンが、私をチラチラと見ていたんです。ああこれは、きっと猟銃に興味を抱いているんだな、と気づきました。だから今日、偶然にも廊下で行き合ったので、誘ってみたんです」

「そうか……」

フレデリックは感心したように頷いたあと、沈んだ表情になって肩を落とした。重いため息をつく。

「……私はまったく気づかなかった……。ライアンが猟銃の話に反応していたなんて」

「フレデリック……」

「あの子を引き取って三年。だれよりも理解して、だれよりもあの子のことを考えているつもりだった。どうやら独りよがりだったようだ。私は親代わりとして失格だろうか」

本気で落ちこんでいるフレデリックに、フィンレイは慌てた。ティーテーブルに向かい合わせで座っていたので、急いで席を移る。フレデリックに一番近い椅子に座り、「そんなことありません」と慰めた。

「フレデリックは立派な親代わりです。ライアンのためにできるだけのことをしようと、いつも考えています。それはこの城にいるすべての人がわかっています」

「……そうだろうか」

「そうですよ」

とにかく励まそうと、フィンレイはテーブルの上に出ていたフレデリックの片手を、両手でぎゅうっと握りしめた。おたがいの左手の薬指にはめた結婚指輪がぶつかって、カチリと固い音をたてる。

「猟銃のことは、私自身が好きだからこそ、ライアンがいつもとはちがう反応を示したことに気づいただけです」

「……………」

「今回はたまたま私だっただけです。逆に私が気づかないことをフレデリックが気づくことだってたくさんあるでしょう？　私たちはそうやって補い合って、子供たちに気を配っていけたらいいんじゃないですか？」

「補い合って……」

「だって私たち、これでも――」

夫婦だから、と続けようとして、フレデリックが至近距離で凝視してきていることに気づいた。さっきまで落ちこんで冴えない表情をしていたのに、いまフレデリックは微笑を浮かべてフィンレイを見ている。両手にぐっと圧力がかかって、いつのまにか自分の両手がフレデリックのおおきな手に包まれていることを知った。

フレデリックの顔と手を何度も交互に見て、しだいに頬に血が上ってくる。顔が熱くなって、俯いた。

「ありがとう、フィンレイ。慰《なぐさ》め、励ましてくれて嬉しい」

「いえ、その……つい……」

手を解いてもらおうと動かしたが、よりいっそう力強く握られてしまった。

「そうだな、完璧な人間などいない。足りない部分を補い合っていけばいい。私たちは夫婦だ。そうやって三人の子供たちを育てていけたらいいんだ」

「はい、そうですね」

フレデリックの手がぎゅうぎゅうとフィンレイの手を握りしめている。ちょっと痛い。

ふと、これはいい機会だと、ずっと考えていたことを提案してみた。

「えー…と、フレデリック。ひとつ提案があります」

「なんだ？」

「これから夕食後に、こうして話をする時間を設けてはどうでしょうか」

「うん？」

「私たちはあまりにも会話がなさすぎです。もっとおたがいを知るために話をした方がいいように思います」

「それは素晴らしい提案だ。しかし、なにを話せば……」

「なんでもいいんです。そうですね、私はまずはその日の出来事から、子供たちのこと、読んだ本のこと、庭に咲いた花のことを話します。フレデリックは、お仕事のことを差し障りがない程度でいいので、私に聞かせてくれますか」

「なるほど。報告会を開くのだな」

「報告会……まあ、そうですね」

フレデリックに夫婦の語らいという発想はないらしくて、フィンレイは苦笑いする。

「あなたは領主の妻だ。領地の政《まつりごと》に関心があるのなら、いくらでも話して聞かせよう。今後いくつかの行事に参加してもらう予定だから、予習というか、事前にそういう話もしたい」

「はい、聞かせてください」

「フィンレイ、あなたは私の妻だ」

いまさらだけれど、はっきりとそう言ってくれて嬉しい。子供たちの母親役として認められたのだと、フィンレイは受け止めた。

「はい、私はあなたの妻です。頑張ります」

目と目を合わせて微笑むだけで、フィンレイはたまらなく幸せだった。

そのあと、もう就寝の支度をする時間だとギルモアが知らせてくれるまで、あれこれとお喋りをした。

自分の部屋に戻ると、ローリーが待ってくれていた。フィンレイを出迎えて、ホッと胸を撫で下ろしている。

「お帰りが遅いので、もしかして今夜は旦那様のお部屋にお泊まりになるのかと気を揉んでいたところです。やはり支度を済ませた方がよかったのではと……」

「えっ…と、そういう準備は、たぶん必要ないと思う」

「そうですか？　でもいつかは……」

「ないない、たぶんない。だって、フレデリックはそんなつもりはないだろうし、そういう雰囲気になったこともないし。今夜はじめて手を握ってくれた程度なんだから。あれだって、親愛の情とか、そういう種類のものだと思うし……」

言いながら悲しくなってきて、フィンレイはしょんぼりと項垂れた。

『あなたは私の妻だ』

フレデリックはそう言ってくれたけれど、寝室に誘われたわけではない。誘われる日なんて、きっと来ない。左手の指輪が鈍く光った。

「フィンレイ様……」

気遣わしげなローリーのまなざしに、フィンレイは無理やり笑顔をつくった。

「さあ、湯浴みをしようかな。用意はできているの？」

「いつでも入れるようにしてあります」

「ありがとう」

フィンレイはともすれば落ち込みそうになる気持ちを奮い立たせて、浴室へ入っていった。

◇

「旦那様、そろそろ時間ですが、着替えはどうなさいますか」

夕食後、自室に戻って休憩していたフレデリックに、ギルモアが声をかけてきた。ここのところ毎晩、夜はフィンレイとの語らいにあてている。そろそろ彼が来る時間だ。フレデリックは適当に選んだ服に着替えた。

フィンレイの提案からはじまった、夫婦の時間。最初は戸惑いが大きかったが、慣れてきたいまとなっては一日を締めくくる語らいになっている。話す内容などなんでもいい。ただ黙ってそばにいるだけでもいいのだ。沈黙も心地いいものだと知った。

フィンレイへの疑いは、フレデリックの中でほぼなくなっている。三人の甥たちが信用して懐き、さらにギルモアをはじめとした使用人たちがみんな口を揃えて「お優しくて公平でいい方です」と言う人物を、いつまでも疑っていられるほどフレデリックは捻くれていなかった。

おそらく、ウィルフの企みとフィンレイは関係ない。なにも知らされないまま、ここに嫁がされてきたのではないだろうか。

朗らかで、健やかで、いつも前向きであろうとするフィンレイの性質を、フレデリックは好ましく思う。

「そうだ、今夜は私がフィンレイの部屋に行ってみようか」

フィンレイの言動に驚かされてばかりいるので、たまにはびっくりさせてみたいと、ちょっとした悪戯心《いたずらごころ》が湧いた。

「いきなりですか？　あちらにはあちらの都合があるのではないですか？」

「都合とは、どんな都合だ？」

フレデリックに見られては困るようなものが部屋にあるとは思えない。

「行ってみよう」

「旦那様」

ギルモアに止められたが、フレデリックは構わずに自分の部屋を出た。

フィンレイがどんな部屋で寝起きしているか、フレデリックはよく知っている。かつて祖母が使用していた部屋で、子供のころよく出入りしていた。フレデリックは足早に廊下を進み、「遠いな」とふと思った。

自分の部屋から遠いのはあたりまえだ。わざわざそうなるように選んだのは自分で、親しくなるつもりはなかったのだから。

フレデリックの歩調はしだいにゆっくりになっていった。廊下にはいくつものランプが掲げられ、足下は明るくして危険がないようにしている。それでも昼間よりはずいぶんと暗いし、長い廊下の先などは闇に沈んでいるように見える。

この暗く、長くて寂しい廊下を、フィンレイは文句も言わずに毎晩通ってきてくれていたのだ。いったいどんな気持ちで歩いていたのだろうか。

フレデリックは己の馬鹿さ加減に呆れてため息が出た。実際に自分で歩いてみるまで気づかなかったなんて。

「このままではいけない……」

間違ったことをしているのなら、正さなければならない。

領主の部屋とも子供たちの部屋とも離れた、祖母が余生を過ごすための場所に、いつまでもフィンレイを住まわせてはいけない。もっと近くに部屋を移動させなければ。そう、フレデリックの部屋のとなり、領主の妻の部屋に――。

フィンレイの部屋に到着した。扉をノックしながら、「私だ」と声をかける。内側から慌てたようにローリーが開けてくれた。

「旦那様？　どうかなさったのですか？　フィンレイ様はたったいま着替えがお済みになって、旦那様のお部屋に向かうところでした」

「今夜は私が来た。入ってもいいかどうか、フィンレイに聞いてくれ」

ローリーの驚きぶりから、自分がいかにフィンレイを蔑《ないがし》ろにしてきたかわかる。反省をとうに追い越して、気持ちが落ちこんだ。

「フレデリック？　いま行こうと思っていたところでした」

フィンレイがローリーの背後から目を丸くしながら姿を現し、戸惑いつつも「どうぞ」と入室を促してくれる。ローリーとほかの使用人たちが急いで主人を迎える準備をした。

ソファとテーブルの位置を直し、お茶とお酒の両方の用意を素早く進める。ギルモアによく躾けられた使用人たちは、慌てながらも決して足音を立てない。フレデリックとフィンレイの周りを、とても静かに動き回っていた。

「あの、フレデリック、私の部屋まで来てくれて、とっても嬉しいのですけど、なにかありました？　突然来てくれたのはなぜですか？」

フィンレイが不安そうに聞いてくる。喜んでくれるかと思っていたのに、正反対の反応をされてしまった。ちょっと驚かそうとして来てしまったなどと軽く笑って言える空気ではない。フレデリックはついさっき考えたことを言ってみようと思った。

「……提案したいことがある」

「なんでしょう」

フィンレイは不思議そうに小首を傾げる。もう見慣れてしまった仕草だ。見かけるたびに、胸がざわざわする。自分の側に置いて、いつも見ていたいと思う、不思議な心地だ。

フレデリックは今後のためにもさっきの思いつきは正しいと確信した。

「部屋を移らないか」

「部屋を？　どこへですか」

ふっとフィンレイの顔が曇る。悪い方へと考えたとわかり、フレデリックは急いで「私のとなりだ」と告げた。

「えっ……」

フィンレイが言葉もなく瞬きしているあいだ、ローリーたちも驚いたように制止してフレデリックを注視している。彼女たちはすぐに何事もなかったかのように動き出したが、非常に邪魔なので全員に退室してもらった。

フィンレイと二人きりになり、やっと室内をぐるりと見回せる余裕ができた。この部屋があたらしい主を迎え入れてから、もう二月近くになる。庭で摘んだと思われる野草が、ちいさな瓶に生けられてあちこちに飾られていた。城の図書室から借りてきた本が窓際の長椅子の下に積まれており、たぶん花嫁道具として持参してきた柔らかそうな膝掛けが背もたれに広げられている。

フィンレイらしさがそこかしこに見受けられた。彼は彼なりに、ここで暮らしていくことに順応しようとしている。文句ひとつ言わず、笑みさえ浮かべて。

申し訳なくて、フレデリックは目を伏せた。

「すまない……」

「フレデリック?」

「いままで、本当にすまなかった」

「なにを謝っているんですか？　私はなにも――」

「君は怒っていい。私の仕打ちに対して、本気で怒っていいのだ。私の愚かさを、罵《ののし》ってくれ」

「フレデリック……」

「君はどこまで事情を知っているのかわからないが、私は王太子殿下に嫌われている。おたがいに直接やりとりがあったわけではないが、年が近いというだけで、よく陛下に比べられていたせいだ」

急にすべてを告白してしまいたくなった。

「ディンズデール領は昔から豊かで経済が安定していて、陛下が他の自治領に対して見本として名前を挙げるほどだった。亡き父と陛下が学友で、親交があったのも理由だっただろう。私自身、次期領主として相応しくあろうと、子供のときから勉学に励み、品行方正を心がけた。十二歳から十八歳まで学んだ王都の王立学院では、たびたび成績優秀者として表彰されたものだ。陛下に祝いの品を贈られて嬉しかった。父も喜んでくれた。しかし王太子殿下にとって、私の存在は忌々しいものだったのだろう。殿下はお世辞にも勉学が得意ではなかったから」

フィンレイはなにも言わない。けれど彼の体はフレデリックに向いていて、きちんと話を聞いてくれている。

「なにかにつけ、王太子殿下は私に嫌がらせをした。ひとつひとつはささいなことだ。しかし明らかに私を嫌っているとわかる言動だった」

王太子ウィルフの取り巻きたちも、フレデリックを不快にすることに尽力していた。王立学院での日々は有意義ではあったけれど、彼らの子供じみた嫌がらせには辟易《へきえき》した。定められた単位を取得し、卒業を許されたときは安堵した。これで故郷に帰れる、ウィルフと物理的な距離を取ることができる——と。

「王都から離れてしまえば、王太子殿下はそう簡単には私に嫌がらせをすることができなくなり、私には平穏が戻った。父のもとで領主としての務めを学び、領民たちと触れ合う毎日は充実していた。父亡きあとは大変な時期もあったが、経験を積んだ役人たちやギルモアたち忠実な使用人に支えられて、なんとか領主としての務めを果たしてきた。年に何度か、国の行事のときに王城で王太子と会ってしまうことだけ我慢すればいい。そう思っていた。ところが——」

第十二王子フィンレイとの結婚話が舞いこんだ。

「寝耳に水だった。こちらは王族との結婚を一度も望んだことがない。フィンレイ殿下は王太子殿下の回し者で、時期を見てディンズデール家に……あるいはディンズデール領になんらかの問題を起こす役割を担っているのではないかと勘ぐった。だから、君とは親しくならないように、子供たちとも会わせないようにしようと——愚かにも、私はこんな離れた場所に部屋を用意したのだ」

これがすべてだ。フレデリックの愚策のすべて。

「本当に申し訳ない。この通りだ」

頭を下げて懺悔《ざんげ》した。おそらく、だいたいのことを察してフィンレイは耐えてくれていたのだろうが、フレデリックの口からはっきりとした事情を聞いてどう思うかはわからない。これでフィンレイに嫌われてしまったとしても、甘んじて受け入れなければならないだろう。

一縷《いちる》の望みが両手にこもり、ぎゅっと握るかたちで表れた。

「フレデリック……」

フィンレイの気配が近づいてきて、そっと隣に座ったことがわかった。フレデリックの手の上に、フィンレイの小さな手が包むように重なってきた。いままでに何度か握った華奢な手。変わらずにあたたかい。

「話してくれてありがとうございます。あなたの本心が聞けて、とても嬉しいです」

顔を上げると、フィンレイは優しく微笑んでいた。その黒い瞳には、フレデリックしかうつっていない。

「私は兄上とフレデリックのあいだで起こったことはなにひとつ知りませんでした。王城で暮らしていませんでしたし、そうした人間関係には疎かったものですから。だから結婚話を聞いたとき、単純に、憧れのフレデリックのところへ嫁ぐことになったと喜んでいました」

「喜んで？　憧れ……？」

初耳だ。フィンレイはほんのりと頬を赤くして、俯いた。見ているこちらの胸がきゅっと苦しくなるような、可憐《かれん》な表情だった。

「フレデリックと初めて言葉を交したのは二年前、私が成人を迎える年の、新年の行事のときでした。覚えていますか？」

「もちろん、覚えている」

うろ覚えだったことなど言わなくていいだろう。

フィンレイはじわりと耳も赤くしてはにかむ。

「あのとき、私は嬉しくて天にも昇る心地でした。フレデリックの姿だけなら、もっと以前から見かけていて、ずっと憧れていたからです」

「以前から……とは、いつからだ？」

フィンレイはフレデリックを知ってくれていたのか。

「私は幼児期から祖父母の家で暮らしていましたが、国の行事のときだけ王子として王城へ上がっていました。十歳のとき……いまから八年ほど前に王城で初めてフレデリックを見かけて――とても素敵な人だと思いました。そのときからずっと、私はあなたに会うことだけが目的で行事に参加していました」

とても恥ずかしそうに、フィンレイが告白してくれる。なにか熱いものがぐっとこみ上げてきて、フレデリックはフィンレイの手を握りしめた。

「私のことを、素敵だと思ってくれたのか」

「たくさんの王族と貴族がいましたけど、あなたが一番でした」

濡れた黒い瞳がひたとフレデリックを見つめてくる。その白い頬の感触を知りたくて、手を伸ばす。触れた瞬間、フィンレイがピクッと反応した。けれど避けることなくじっとしていてくれる。

フィンレイの頬は滑らかだった。いつまでも触っていたいと思うほどに手触りがよくて、もっといろいろなところも触りたいと思ってしまう。その気持ちが衝動としてどっと湧き上がってきそうで、フレデリックは手を離した。

それでも視線は繋いだままで、どうしても逸らすことはできない。

「どうして、私はフィンレイに気づかなかったんだろう……」

こんなに一途な目で見られていたとしたら、気づかないなんておかしい。しかし八年前なら、父の急死により領主を継いだばかりの頃だ。ディンズデール家の代表として国の行事に参加しなければならなくなり、周囲に気を配る余裕がなかったにちがいない。

「仕方がありません。私はたくさんいる王子のひとりでしかありませんでした」

十歳のフィンレイ。きっと可愛らしかっただろうに。

「フレデリック、誓って、私はウィルフ兄上とは関係ありません。兄弟であることは事実ですけど、あなたに対してなにも悪いことは言い含められていませんし、この結婚に裏があるとか、嫌がらせだとか、そんなこと考えてもいませんでした。私は、私はただ——」

フィンレイの黒い瞳がじわりと潤んだ。眉間に皺が寄り、目尻が下がる。ああこれは悲しくて泣きそうになっているんだとはっきりわかり、フレデリックは内心、焦った。

「ただあなたのそばに行ける、領主の伴侶として尽力できればと希望を胸に抱いて、ここに来ました。けれどしばらくたって、僕は望まれていなかったのだと気づき、とても……とても悲しかった……」

ぐっとフィンレイが唇を引き結ぶ。泣くのを我慢している顔だ。

「フィンレイ、すまない、私が悪かった」

「いいんです。あなたが兄と仲が悪かったなんて知らなかったから。知っていたら、期待しなかった……――いえ、知っていたら、ここに来ていなかったかもしれません。僕がここに来ることでフレデリックに迷惑がかかるなら、最初から結婚を拒んでいたでしょう」

「拒む？　王太子殿下の発案だとしても、あれは陛下からの提案というかたちをとっていただろう？　それを拒んだら、いくら王子の身分でも陛下の怒りを買う」

「陛下は従順であるべき息子の反抗を簡単に許す方ではありません。ほかの兄弟姉妹の手前もあります。よくて北の塔に十年単位の幽閉、最悪、国外退去でしょうね」

「あなたをそんな目に――」

「それでも！　あなたの迷惑になるくらいなら、自分が罪人になった方がマシです」

きっぱりと言い切ったフィンレイの目は潤んでいたけれど、確固たる意志に輝いていた。

強烈にフレデリックの心を惹きつける光。引き寄せられるようにして、フィンレイを抱きしめていた。

守ってあげたい。この健気な少年を、自分ができる精一杯で幸せにしてあげたいと思った。

華奢な体をぎゅっと抱きしめ、かすかに震えている背中をしっかりと腕の中に取りこむ。フィンレイの細い腕が、こわごわといった感じでフレデリックの背中に回された。

「フィンレイ、愚かな私を許してくれるか」

「許すもなにも……僕の方こそ、こんな僕でいいんですか」

さっきからフィンレイの一人称が「私」ではなく「僕」になっていることに、フレデリックはいま気づいた。いままでそう言っていたのを、結婚を機に変えたのかもしれない。自分を「僕」と言うフィンレイが可愛かった。

「私はフィンレイがいい。あなたが私を許し、このままそばにいてくれると言うなら、すぐにでも部屋を移そう」

「本当に……？」

「本当だ」

体をそっと離し、見つめ合う。フィンレイは嬉しそうに微笑んだ。

「あなたが私の心ない仕打ちに折れることなく、わが領地について学ぼうとする姿勢には感服している。花祭りのときも領民に心を寄せようとしてくれた。領主の伴侶として、あなたほど相応しい人はいない」

「フレデリック……」

「子供たちにとっても、最高の母親役だと思う」

「ありがとうございます」

太陽に向かって咲く花のような明るい笑顔が眩しい。目を細めて見つめながら、フレデリックはやっと自分の心変わりを自覚した。

親しくならない、夫婦とは名ばかりの距離を置いた関係でいると周囲のものたちに宣言していたが、いつのまにか、この存在に心を盗まれていた。知らないうちに、本気で。

フィンレイのくるくる変わる表情に目を奪われ、笑顔を向けられるたびに胸がそわそわと落ち着かなかった。何者からも守ってあげたいと思い、その身に触れたいという衝動がこみ上げてくるのは、特別な人になっていたからだ。

まっすぐにフレデリックを見つめてくる黒い瞳。全幅の信頼を寄せてくれている。八年も前からこんな自分に憧れ、喜んで嫁いできたと言ってくれた。

愛さずにいられるだろうか。こんな人を。

フレデリックは、フィンレイのちいさな顔を両手で包みこんだ。静かに引き寄せて、震える唇に自分の唇を重ねる。厳《おごそ》かな気持ちでくちづけた。

挙式の日、礼拝堂ではしなかった誓いのくちづけを、いまここで、フレデリックはしたつもりだった。その想いが伝わったのか、フィンレイの瞳がいっそう潤み、泣き笑いのような表情になった。

左手を持ち上げて、揃いの指輪がはまった薬指にくちづける。

「フィンレイ、嫁いできてくれて、ありがとう」

心から、そう言うことができた。

翌日にはフィンレイの荷物が移され、領主の妻の部屋がひさしぶりに使われることになった。フレデリックの母親は、父親が倒れて急死する前に、病で亡くなっている。十年以上も使われていなかった。

引っ越しが予想外に早く済んだのは、フィンレイが嫁いだ直後、ギルモアの指示で使用人たちが毎日丁寧に掃除をし、いつでも使える状態にしてあったかららしい。どうしてこちらの部屋も整えていたのかと、疑問に思ったのでフレデリックはギルモアに尋ねた。

「旦那様のご様子から、そのうちフィンレイ様をこちらに移すことになるのでは、と予測しておりました」

有能な執事はしれっと答えた。その読みの通りになったので、フレデリックはなにも言えない。

隣接した領主の部屋と領主の妻の部屋は、扉一枚で行き来できるようになっている。フィンレイが隣に移った日、フレデリックはその扉を開けて就寝の挨拶に行った。湯浴みを済ませた彼は、生成《きな》り色の寝衣の上に大地の色のガウンを羽織り、寝台の横に立っていた。

湯上がりのフィンレイに会ったのははじめてで、上気した頬とうなじから立ち上る石鹸の香りに目眩がした。

「フィンレイ、おやすみ」

「おやすみなさい」

それだけで去るつもりだったのに、足が動かない。無防備に立ち尽くす姿が、まるでフレデリックにこのまま食べてもらいたがっているように見えてしまい、男の本能が刺激されてたまらない。

やっと動いたと思ったら、後ろではなく前へ一歩二歩と進んでいた。両腕が勝手にフィンレイを抱き寄せている。引き寄せられるようにして、桃色の唇にくちづけた。そっと離すと、ぽかんと目を丸くしてフレデリックを見つめている。

二度目のくちづけだ。一度目のときと同様、フィンレイは呆然としている。夫婦なのだからくちづけくらいしてもいいだろうと思っていたが、だめだったのだろうか。いや、そんなはずはない。フィンレイは嫌がっていない。ただ驚いている感じだ。

もう一度「おやすみ」と囁いた。フィンレイは驚いた顔のまま、「おやすみなさい」と蚊の鳴くような声で応えた。

（ほら、嫌がっているわけではない）

機嫌よく自分の寝室に戻り、フレデリックはひとつ息をつく。なにかおおきなことを成し遂げたような達成感があった。

寝台に入り目を閉じると、フィンレイのびっくりした顔が思い浮かんでくる。明日もまたあの顔を見たいと思った。柔らかな唇の感触も、確かめたい。

「そうだ」

いいことを思いついた。毎晩すればいい。習慣にしてしまえばいいのだ。

我ながら名案だと微笑みながら、フレデリックは目を閉じた。

◇

「あ、おじうえーっ、こっちー」

「こっちー」

庭の生け垣の向こうから長身が現れると、双子の男児がおおきく手を振った。初夏の陽光に照らされて、フレデリックの金髪がきらきらと輝いている。笑顔で手を振り返してくれた彼に、フィンレイも手を振った。つられたように、隣にいるライアンも控えめに手を振っている。

「素晴らしいランチだな」

フレデリックがテーブルの上に広げられたサンドイッチを見て感心する。

木陰に折り畳み式のテーブルを出してもらい、人数分の椅子も運んでもらった。テーブルの上には城の厨房で特別に作ってもらったサンドイッチが山盛りになっている。

「じゃあ、全員揃ったところでいただきましょう」

フィンレイの許しが出て、子供たちがわっと手を出した。ハムとレタスがたっぷりと挟まれたサンドイッチはとても美味しかった。フライドポテトは揚げてからまだ時間がたっていないので温かく、ほくほくしている。

「おそとでたべると、おいしいねー」

口のまわりにパンくずをつけて、ジェイがフィンレイに話しかけてきた。

「そうだね、美味しいね」

食堂での食事は必要最低限の会話しかしていけないというマナーがあるが、ピクニックとなればそんな堅苦しい決まり事からは外れる。フィンレイは子供たちと触れ合いたい、そして自分もたまには自由を感じたいと思って、ピクニックもどきのランチ会を企画した。

「お仕事は大丈夫ですか？」

「大丈夫だ」

フレデリックが笑顔を向けてくれる。それだけでフィンレイの世界は幸せ色に染まった。

フィンレイの部屋まではじめてやってきたフレデリックが、いきなり懺悔したのは十日ほど前だ。

その後すぐにフィンレイの荷物は領主の妻の部屋に移された。この地に嫁いで二月がたっている。フィンレイはやっと、フレデリックの妻として受け入れられたのだ。

部屋を移してからというもの、フレデリックは毎晩寝る前にくちづけてくれるようになった。フィンレイは性交の経験がない。くちづけは、もちろんフレデリックがはじめてだ。なかなか慣れなくて、フィンレイはくちづけのたびに顔を真っ赤にして全身を強張らせてしまう。大好きな人にくちづけられて冷静でいられるわけがない。ドキドキし過ぎて口から心臓が飛び出そうになるし、呼吸すら忘れそうになるし。

そんな初心な様子に、フレデリックはいつも苦笑いしている。

さすがというかなんというか、フレデリックはくちづけくらいでは動揺せず余裕たっぷり。これだけ格好良いうえに、身分は貴族の中の貴族だ。モテてきたのだろう。フィンレイより十三歳も年上の大人だし、きっといままでたくさんの恋愛を経験してきたにちがいない。ズルい。

「ん？　なんだ？」

あまりにもじーっと見つめすぎていたようだ。フレデリックが聞いてきて、慌てて「ワインを飲みますか？」と取り繕った。子供用にはレモン水を持ってきたが、フレデリックのためにワインも用意してある。

「もらおうか」

ワイングラスに赤いワインを注ぐ。フレデリックはアルコールに強く、ワインくらいなら水のように飲んでしまう。その点、フィンレイはダメだ。弱くて、すぐに真っ赤になる。

ぐいっとグラスをあおるフレデリックを、またつい見つめてしまった。喉仏の動きが、とても男を感じさせてドキドキしてしまう。

くちづけだけでなく、もっといろいろとされてみたい――とくちづけだけで狼狽えているフィンレイが思っているなんて、きっとフレデリックは考えてもいないだろう。

(あまり多くを望んだら、いけないよね)

優しくされると、どうしても期待感が増してしまう。ときどきおのれを戒めないと、際限なく求めてしまいそうだ。欲張りになっていきそうな自分が嫌だった。

「おいしー、すごくおいしー」

「そうだね、お外で食べると美味しいね」

家族五人が笑顔でピクニック風のランチ。好きな人の家族の一員になれて、美味しいサンドイッチを食べて――。

（欲張らないから……。これ以上の役割は求められていないって、わかっているから……。でも好きでいるのは、自由だよね）

フィンレイはフレデリックのために生きていくと決めている。けれど、フレデリックにはそれを言う必要はないと思っているし、彼にはなにも求めない。

「ああ、そうだ、フィンレイ」

フレデリックが振り向いた。

「来週の視察だが、行くのか？　灌漑《かんがい》工事の視察だぞ。面白いことはなにもない。本当にただの視察だから」

「行きます。行きたいです」

行くに決まっている。マーティンに打診されたときから行く気だった。フレデリックとまた一日中いっしょにいられるし、灌漑工事をこの目で見てみたい。

微笑むフレデリックに、体のどこかがきゅーっとなる。

「灌漑について、すこし勉強してみますね」

「私が持っている本を貸そうか」

「ありがとうございます」

きっと夕食後の二人きりの時間のときに、本を貸してくれるのだろう。そのとき視察場所のことも教えてもらおう。

（それで、湯浴みのあとは……）

おやすみのくちづけ――。楽しみすぎる。いまからもう心臓がドキドキと騒がしく跳ねてきそうで、フレデリックの顔をまともに見られなくなる。

「残念だが、そろそろ時間だ。仕事に戻らなければならない」

本当に残念そうにフレデリックが席を立つ。子供たちとともに見送ったあとしばらくして、ピクニック風ランチ会はお開きとなった。お腹が膨れたジェイとキースが座ったまま船をこぎ出したからだ。

双子をナニーに任せて、使用人たちと手分けして片付けはじめる。

「フィンレイ様、ライアン様、あとはわたくしたちがやりますから」

バスケットを運ぼうとしたらローリーに取り上げられた。ライアンも持っていたワインの瓶を奪われている。二人で顔を見合わせて苦笑していたら、ギルモアがやってきた。

「フィンレイ様、お手紙が届いています」

「母か、祖父母からですか？」

嫁いでからこちらに届いた手紙は、すべてその三人からのものだった。フィンレイの身を案じる内容に、「大丈夫、なにも心配はいらない」といつも返事を出している。

「いえ、王太子殿下からです」

「えっ……」

ウィルフからの手紙ははじめてだ。王家の紋章入りの封筒は、たしかにウィルフからの手紙だった。しっかりと封蝋されたものをギルモアから受け取り、フィンレイは自室に戻った。フレデリックの口から確執を聞いてしまったいま、長兄がどんな手紙を送ってきたのか気になる。

丁寧に開封し、便箋を取り出した。内容を一読して、ホッと肩の力を抜く。ごく普通の、嫁ぎ先で平穏に暮らしているかという、弟を気遣う文章が綴《つづ》られていた。

ウィルフの直筆なのかどうかすらわからないくらい関係が希薄な長兄ではあるが、遠い地に嫁いだ身を気にしてくれるのは嬉しい。フィンレイはさっそく窓際のデスクで返事を書いた。

ディンズデール領はいいところで快適に暮らしていること、フレデリックはとてもよくしてくれて領主の妻としての公務をすこしずつやりはじめていること、三人の甥たちと仲良くなれたこと――。

「あとは、なんて書けばいいかな。そうだ」

フレデリックは領民たちに慕われ、尊敬されていて、自分も彼のような公人になれることを目標に公務に励みたい、と書いた。

「兄上、この手紙を読んでフレデリックに妙な対抗心と嫉妬心を持つことをやめてくれないかな。意味ないし、不毛だし」

　デスクの引き出しからディンズデール家の家紋入り封筒を出し、便箋を入れる。きちんと封をして、ギルモアに託した。

「これを王城までお願いします。兄上に返事を書きました」

「かしこまりました」

　両手で封筒を受け取ったギルモアはそれをじっと見つめ、「お聞きしてもよろしいでしょうか」と顔を上げた。

「なんです？」

「王太子殿下からのお手紙には、いったいなにが書かれていたのでしょうか。いえ、お答えできなければ、無理にとは――」

「ただの、その後どうしているか、という内容でした。なので私は、現状をそのましたためました」

「現状……」

「幸せで、毎日楽しいということです」

　えへ、と笑った。ギルモアはフッと微笑し、「失礼なことを聞いてしまいました。お許しください」と頭を下げ、部屋を出て行く。

　フィンレイはウィルフからの手紙を引き出しにしまい、城内の図書室に行くことにした。

灌漑についての本をフレデリックが貸してくれると言ったが、公共事業についてもっと勉強しなければいけない。

廊下の途中でローリーに行き合ったので、図書室で本探しを手伝ってもらった。


馬車から降りると、目の前には緑の草原が広がっていた。転々と茶色いものが見えているのは、牛だろう。初夏の気持ちいい風に吹かれながら、牛たちがのんびりと牧草を食べている。

その向こうは一面麦畑で、一回目の刈り取り時期が近いのかすでに黄金色に実っていた。右手には芋類の畑があり、青々とした葉が茂っている。牧場と畑の間には石造りの水路が見えた。太い水路から細い水路に枝分かれされた先は、牛のための水飲み場と畑の水まき用になっている。

「このあたりは五年前に水路の工事が終了した。ため池に溜まる雨に頼っていたときは天候に収穫高が影響を受けていたが、山の雪解け水を引くようになって安定した」

横に立つフレデリックがそう言った。同行しているマーティンが周辺の地図を広げ、フィンレイに補足説明してくれる。

「段階的にため池をなくしていく計画です。以前、夏に予想外の長雨に見舞われた年があり、ため池が溢れました。周辺の農地が水浸しになり、領民にも被害が及びました。地形的にため池をなくせない場所もあるため、その場合は溢れそうになったら水を逃がせるように工事をしました」

フィンレイは頷きながらマーティンが指さす地図を覗きこむ。領主の仕事は多岐に渡り、あらゆる物事に精通していなければならないのだと、つくづく感心した。

馬車で移動中、フレデリックはときどき止めては道行く領民に声をかけ、生活は順調か、なにか困ったことはないかと気さくに話しかけていた。領民たちはフレデリックと話せることに喜び、日々の暮らしに感謝し、明るく笑っていた。フィンレイが馬車から顔を出すと、領民たちはもっと喜び、握手を求められた。彼らの目には尊敬の色があった。

領民たちが寄せてくれる尊敬にふさわしい人物になれるよう、頑張っていきたい。

ふたたび馬車が動き出してから、フィンレイがフレデリックにそう言うと、笑いながら「大丈夫」と手を握られた。

「あなたはもうじゅうぶん領主の妻にふさわしい。領地のことを学ぼうと努力しているし、領民たちのためになにかしたいと思ってくれている。そして私を支えていく覚悟を固めてくれている。それ以上になにがある？　あなたは尊敬されて当然なのだから、私の横で堂々としていてほしい」

褒めすぎだと困惑したが、フレデリックがぎゅっと手を握って離さないので、なにも言えなくなって俯いた。マーティンと別の馬車でよかった。こんなところを見られたら恥ずかしい。

握られた手がほんわかと温かくて、フィンレイはそっと笑った。するとフレデリックの指がごそごそと動いて、フィンレイの指の間をくすぐりはじめた。

びっくりして、赤くなりながら「いたずらはやめてください」と抗議する。

「なんのことだ？」

「くすぐったいです」

「そうか」

「だからやめてください」

フィンレイが手を離そうとしても、フレデリックはなかなか解いてくれなくて、目的地につくまでずっとそんなやり取りをしていた。

「このあたりの水路は問題なく使用されているようですね。水量も過不足ないようです。ではつぎに、工事中の地区へ行きましょう」

マーティンの声かけで馬車に戻り、すこし移動した。そこはため池から川まで細い水路を作っているところだった。土埃で汚れた男たちが額に汗して働いている。まず地面に溝を掘り、平たい板状に割った石を敷いていく。石はディンズデール領の特産品を使用しており、山にある切り出し場からは川を使って運ぶらしい。

「ここでは、ため池の水量を調節するための水路を造っています」

作業員は全部で二十人ほどいて、工事の監督が一人。年齢は二十代から四十代といったところだろうか。髪色はやはり茶系が多いが、金色や銀色もいる。全員肌が浅黒く日焼けしていて、一見してどこの地方出身なのかわからない。

「工事に携わっている作業員は領民ですか？」

「いえ、領民は半分ほどで、あとは王都で募集をかけた工夫《こうふ》です」

「王都からわざわざ来ているのですか」

「経験があって腕がいい作業員を、できるだけ多く集めたかったものですから。もちろん宿舎等は完備しています」

「なるほど」

フィンレイが感心して男たちを眺めていると、手を動かしながらもこちらを見ている男がいた。四十歳くらいだろうか。背はそんなに高くなく、がっしりとした体格をしていて、いかにも力が強そうだ。目が合うとぺこりと頭を下げてくる。不思議に思ったつぎの瞬間には、「あっ」と声を上げていた。

「フィンレイ、どうかしたか？」

聞いてきたフレデリックに、「知っているひとがいました」と答える。

「作業員の中にか？」

「祖父の店を増築したとき、その基礎工事をしていた工夫です」

そのときフィンレイはまだ成人前の十二、三歳だった。勉強の合間に、興味深く作業を見学していたら、工夫の方から声をかけてくれたのだ。すごく上手に穴を掘っていると フィンレイが褒めたら、王子なのに変わっていると笑われたのを覚えている。

増築工事が終わったあとも、その真面目な働きぶりを気に入った祖父が、土木仕事が必要になったときに何度か雇い入れていたことを知っている。ときどき顔を見た。

フレデリックが、マーティンに命じてその男を呼んでくれた。男は恐縮しながら歩み寄ってきて、フィンレイとフレデリックの前に膝をつく。

「こんな汚ぇカッコですみません」

「いえ、お仕事中に呼んですみません。おひさしぶりです。まさかこんなところでお会いできるとは思ってもいませんでした。えーと、たしか名前は……」

「ロブといいます」

「ああ、そうでした。お元気でしたか」

「オレはこういう仕事しかできないんで、あちこちを転々としています。王都で殿下がこちらに嫁いだと聞きまして、どんなところだろうと思って来てみました」

「そうだったんですか」

「あの、領主様」

男はフレデリックの前で頭を垂れた。

「オレみたいな工夫がなにを言っているんだと思うかもしれないが、殿下をよろしくお願いします。殿下と殿下のじいさんには本当によくしてもらいました。山で狩りをしたり、工夫と普通にしゃべったりする変な王子だけど、このひとは幸せになるべき人です」

驚いた。まさかそんなことを言ってくれるなんて。

「ロブ、私は幸せだよ。フレデリック様はとてもよくしてくれているから。気にかけてくれてありがとう」

フレデリックをちらりと見遣ると、いささか不機嫌そうな顔つきになっている。マーティンが「次の現場へ」と声かけして、一行は馬車へ戻った。フレデリックがさりげなくフィンレイの手を取り、足場の悪いところで引いてくれた。

「ありがとう」

フレデリックがそのまま手を離さなかったので、馬車まで二人は手を繋いで移動した。

馬車に乗るなり、「私はあなたを幸せにしたいと思っている」と言ってきた。

「ロブが言ったことは気にしなくていいですよ。故郷から遠く離れた場所に嫁いだ私を心配してくれているだけでしょう」

「そうか？」

「そうです」

「……このまま手を繋いでいてもいいか」

解かないままでいた手を、フレデリックがきゅっと握ってきた。断る理由がないし、いまさらだ。「はい」とフィンレイは躊躇なく頷いた。

馬車が動き出して、作業している横を通り過ぎる。フィンレイが窓から顔を出して空いている方の手を振ると、ロブをはじめ作業員たちが手を振り返してくれた。

笑顔のロブの後ろで、冷たい目をこちらに向けている男がいた。フィンレイが気づくと、すぐに顔を背けてしまう。男同士でなにを訳のわからないことを、と嫌悪感があるのかもしれない。そうだとしても咎めるつもりはないので、フィンレイは見なかったことにした。

◇

ある夜、フレデリックはそれを見つけた。

湯浴みを済ませて寝衣に替え、隣の部屋までフィンレイに会いに行き、就寝前のくちづけをしたあと。

勝手に習慣化したくちづけの余韻《よいん》に浸りながら寝室に入り、寝台横の引き出しを何気なく開けたときだった。

白い陶製の小瓶が十本ほど並んでいた。細長くて片手で掴める大きさだ。コルクで栓がしてある。小瓶には青い花の模様が描かれていた。

いったいなんだろうと手に取り、ひっくり返して見ても商品名や生産地が書かれたラベルの類いは一切なかった。こんなものを自分でこの引き出しに入れた覚えはなかった。

コルクの栓を抜いてみる。液体が入っているようだが、覗きこんだだけでは内容物はわからなかった。

「ん？」

ふわりと香った花の匂いに覚えがある。どこかでこの匂いを嗅いだことがあったような——ハッとして、てのひらに一滴だけ垂らしてみた。とろりとした琥珀色の液体は、香油だった。それも、閨《ねや》で使用するためのもの。

十年以上前、まだ父が生きていた頃、夜会で出会った男に誘われて寝たことがある。相手は貴族階級の遊び人で、ちょっとした好奇心からだった。そのときにこれを使った。相手が持参していたのだ。たいした感慨もなく終わった行為だったので、すっかり忘れていた。香りが記憶を呼び覚ました。

「なぜこんなものがここに……？　まさか」

こんなことをする人物は限られている。フレデリックは小瓶を手に、部屋を出た。人気のない廊下を通り抜けて一階に下りる。住みこみの使用人部屋が並ぶ一画で、ギルモアはずっと寝起きしている。名家の執事ではあるが、ギルモアは自身の居住空間にはまったく拘っておらず、簡素で狭い部屋を使い続けていた。

扉をノックすると、シャツにベスト姿のギルモアが顔を出す。問いかけられるまえに、フレデリックは白い小瓶を突きつけた。

「これはなんだ」

ああ、とギルモアは驚くことなく小瓶を見る。やはり引き出しにこれを入れたのは、この男だった。

「香油です」

「おまえが私の部屋に置いたのか」

「そうです。そろそろ必要かと思いまして、箱で購入しました」

まだたくさんあります、としれっとした顔で言う執事に、フレデリックはカッと頭に血を上らせた。

「私は頼んでいないぞ」

「ですが、いざというときにないと困りますよ」

「おまえ…っ」

命じていないことをするなとか、主人をからかっているのかとか、言ってやりたいことが喉元まで出かかったが、静まり返った廊下で騒ぐわけにはいかない。思い留まった。

「それは一本で二回分だそうです。もちろん一回ですべて使ってしまっても構いません」

「二回……って、ギルモア……」

どこにどんなふうに使うのか、具体的に想像しそうになってしまい、慌てて打ち消した。

「旦那様、ご存じかと思いますが、男性の体は自然に潤いませんから、性交のたびに香油が必要になります。今後、継続的に使用することになりましたら、わたくしにお申しつけください。いつでも箱買いいたしますので」

「ギ、ギルモア、だから私は……そんな……」

「わたくしどもは、旦那様がフィンレイ様と本当の夫婦のように仲睦まじくされることを望んでおります」

きっとそれはギルモアの本心だろう。主人をからかう目的で高価な香油を箱買いするほど、この男は馬鹿ではない。小瓶を握ったままなにも言えなくなったフレデリックに、ギルモアは一礼した。

「用件がそれだけでしたら、わたくしはもう休みます。旦那様、あまり夜更かしなさいませんように」

目の前でバタンと扉が閉じられた。しばしその場に立ち尽くしていたフレデリックだが、のろのろと来た道を戻った。

ここのところ、フィンレイとの関係は順調だ。夕食後の語らいは楽しいし、就寝前のくちづけも欠かさず続けている。

そのくちづけが、フレデリックの悩みの種でもあるのだが、それをだれにも悟られないようにしているつもりだった。唇を重ねるだけでなく、もっと深く舌で口腔をまさぐりたいという欲望が募っている。なにせフィンレイは無防備だ。フレデリックを信頼しきって、体を預けてくる。その信頼が重かった。

くちづけだけで頬を染めるフィンレイは、たぶん性的な経験があまりない。フレデリックと結婚するにあたって男同士の性行為のなんたるかを、どこまで学んできたのだろうか。実際になにをどうするか理解していたら、あんなふうに無防備に就寝前のくちづけを受け入れないと思うのだ。

フレデリックがその気になれば、小柄なフィンレイなど簡単に組み伏せることができてしまう。体格差は歴然としている。なにも知らないから湯上がりのほかほかとした体を預けてくるのだろう。

まっすぐに見つめてくるフィンレイが愛しかった。ゆっくりとだが、想いは確実に募っている。しかしまだまだ大人になりきれていないフィンレイに、こんな醜い大人の欲望をぶつけてもいいものかどうか――。

無理強いは絶対にしたくないし、下手に求めて嫌われたくない。

口からこぼれるのは、切ないため息ばかりだった。

◇

夏が来た。ディンズデール領は北側に真夏でも山頂付近に雪が残る標高が高い山脈を背負っている。冬は寒く、夏は涼しい。王都の富裕層が避暑に訪れる地域でもあった。

とはいえ、太陽が一番高い場所にのぼる時間帯は、そこそこ気温が上がって暑い。フィンレイは庭の浅い池で、子供たちに水遊びをさせていた。

ジェイとキースは下着一枚になって、キャッキャと水の掛け合いをしている。全身びしょ濡れだ。危険がないようにそばで見守っているフィンレイも濡れていた。どうせ濡れるからと簡素な綿のシャツ一枚と、膝丈のズボンを穿いている。池の周囲にはナニーもいるが、半裸にさせるわけにはいかないのでふだんの服装のままだ。

そこに「なにをやっているんですか」とライアンが覗きに来た。びしょ濡れになっている三人を見て、目を丸くしている。

「歴史の授業はもう終わったの？」

「終わりました。すこし休憩したあと、こんどは文学の授業です」

大変だな、と胸の内で思ったが、フィンレイは言葉にはしなかった。代わりに、「君もすこし遊んでいく？」と誘ってみる。

「楽しそうだけどやめておきます。着替えが面倒だから」

ライアンは池のほとりにしゃがみ込み、しばらく双子を眺めたあと、「先生が来る前に予習したいので、僕は行きます」と立ち上がる。フィンレイも太陽を見上げ、そろそろ切り上げようかな、とナニーに声を掛けようとしたときだった。

「フィンレイ」

フレデリックがやってきた。今日も役場で仕事をしていたフレデリックだが、水遊びの様子を見に抜け出してきたようだ。

「もう終わりにした方がいい。すこしでも日が傾いてきたらすぐに寒くなる」

「はい、もう切り上げようと思っていたところでした」

池の中からジェイを抱き上げ、ナニーに渡した。「まだあそぶー」とじたばたもがくキースも抱き上げて外に出す。最後に自分も池から上がった。フレデリックを振り返り、じっと自分を見つめているその顔が怒っているように見えて首を傾げた。

「どうしてフィンレイまでびしょ濡れになっているんだ」

「ああ、それは、さっきバケツの水をかぶってしまって。すみません」

フレデリックは地面に置かれていた籠から大判のタオルをつかみ取ると、それを広げてフィンレイの体をくるんでくれた。

「シャツ一枚しか着ていないのか。透けている」

「えっ？」

そのままひょいと抱き上げられて、びっくりする。ライアンとナニーも唖然としてこちらを見ていた。

「子供たちはまかせたぞ」

わけがわからないうちにフレデリックに横抱きのまま運ばれた。

「あの、自分で歩けます」

「黙っていろ」

ぐっと横に引き結ばれた口が、フレデリックの不機嫌さを表している。怒らせてしまったようだ。たしかに水遊びは許してもらったが、やり過ぎてしまったのかもしれない。

「体が冷え切っている。いくら真夏の昼間でも、この地方は王都ほど暑くはない。子供たちは動いていたからいいが、フィンレイは池の縁に座っていただけだろう。濡れたままで動かないでいたら、冷えるに決まっている」

フレデリックの言葉に「ん？」と疑問が湧いた。

「子供たちを長いことびしょ濡れにさせてしまったから怒っているのではないんですか？」

「許可を出したのは私だ。そんなことでは怒らない。まさかあなたまで濡れるとは思ってもいなかった。しかも透けて――」

ごにょごにょと語尾を濁されて、最後の方はよく聞こえなかった。フレデリックは大股で廊下を移動していく。その途中で使用人を捕まえ、大至急、領主の部屋の浴室に湯を用意するようにと命じた。

領主の部屋の浴室に入ったのははじめてだ。妻の部屋の浴室よりも倍ほど広く、明かり取りの窓が大きい。たっぷりと陽光が差しこみ、白いタイルに覆われた浴室は明るかった。

バタバタと背後から足音が聞こえてきて、何人もの男性使用人たちが大きなバケツで湯を運んできた。あっという間に浴槽はいっぱいになる。その中に濡れた服のまま入れられた。

「体を温めなさい。この中で服を脱いで」

フレデリックはまだ刺々しい空気を纏《まと》ったまま、フィンレイのシャツのボタンを外してくれる。つるりと上半身を裸にされた。浴槽の中に座っているフィンレイの肩に、フレデリックは湯をかけてくれる。

「フィンレイ、体にちいさな傷跡がいくつもあることは、自分でわかっているのか？」

ため息まじりにそう言われて、「ええ、まあ」と頷きつつ体を見下ろす。言われてみれば傷跡がある。どれもこれもたいした傷ではないので、気にしたことはなかった。

「それがなにか？」

「……いや、なんでもない」

ため息をつかれてしまうと、言葉通りには受け取れない。フレデリックを見上げた。困ったように眉を寄せ、じっと見下ろしている。

「もしかして、傷だらけの体は、見苦しいですか?」

「そんなことは言っていない」

そうかな。王族でありながら肌を磨くこともせず、ちいさな傷跡など気にしたことがなかった。

「ごめんなさい……僕は、まさかだれかのところへ嫁ぐとは思ってもいなくて、子供のときから自由に外で遊んでいて、けっこう乱暴なこともしていて、木登りも得意だし、狩りもしていたから、ちょっとしたケガなんていつもしていたから、こんな、傷だらけで、みっともなくて——」

「なにを言っているんだ」

「でも、これからはなるべくケガをしないように気をつけます。肌も磨きます。ローリーに教えてもらって、美容に励みます」

真剣に決意を表明したのに、フレデリックはしばしぽかんとしたあと、急に笑い出した。

「あなたは……まったく……」

笑いが止まらなくなるほどにおかしなことを言ってしまっただろうか、と首を捻っていたら、湯が冷めてきたようでくしゃみが飛び出た。

「寒いのか。湯が温《ぬる》くなってきたな。もう上がりなさい。ほら」

腕を引っ張られて立たされた。肩に大判のタオルをかけてくれる。浴槽から出され、濡れたズボンのボタンにフレデリックの指がかかった。

「フィンレイ、体中の傷跡は、ただすこし気になっただけだ。きれいな肌なのに、細かな傷がいくつもあって」

「きれい……?」

「きれいだろう。いいか、脱がすぞ」

　濡れて足に張りついていたズボンが、かなり強引に下着といっしょに引き下ろされた。思わず両手で股間を隠す。好きな人にそんなところを見られて冷静ではいられない。妻が男であることを目の当たりにして嫌悪されたくなかったし、お世辞にも立派な持ち物ではなかったから。

　フレデリックはもじもじしているフィンレイに構うことなく、無言で別のタオルを棚から出し、下半身も拭いてくれた。あらかた水分を拭きとると、フレデリックはふたたびフィンレイをひょいと横抱きにして浴室を出た。

　裸にタオルをかけたままの格好で運ばれて、いったいどうするかのといぶかしく思っていたら、なんと領主の寝台に下ろされた。いつもフィンレイが使っている、領主の妻用のものより一回り以上もおおきい。ふかふかの夏用布団の中に押しこまれた。

　その手つきがいささか乱暴に感じるのは、きっと気のせいじゃない。

　さっき笑っていたのに、いまは不機嫌そうだ。水遊びに腹を立てていたことを思い出したのだろうか。

「双子の水遊びにつきあって疲れただろう。すこし昼寝するといい」

それだけ言い置いてムスッとした顔のまま寝台から離れようとするから、フィンレイは上着の裾を掴んで引き留めた。いくつか尋ねたいことがあるけれど、整理がつかなくて、どれから問うていいかわからない。

「ごめんなさい」

「なにを謝っている？」

「……僕が悪いと思うから」

「フィンレイ」

フレデリックが寝台の端に腰掛け、横たわるフィンレイに覆い被さってきた。にこりともしない真顔が近づいてきて、ときめくよりも緊張感が高まる。

「フィンレイ」

「はい」

「あなたはなにも悪くない。謝らなくていい。私の態度を見て謝らなければと思ってしまったのなら、申し訳なく思う。自分でも馬鹿げていると呆れるようなことで、すこしばかり機嫌が悪くなっていただけだ」

フレデリックはわずかに視線を逸らし、耳をほのかに赤く染めた。

「濡れたシャツが肌に張りついて、胸が透けていた。あのとき周囲にいたのはナニーと甥たちだけだったが、ほかの使用人たち……特に男が、いつ通りかかるかわからない。私は気になってたまらなかった」

「……えっ？」

透けていた？　濡れて？　他の男？　だからフレデリックはフィンレイをあの場から急いで連れ去ったのか？

「透けていた、って、僕は男だし……」

「しかし私の妻だ。あなたの体を、ほかのだれにも見せたくないと思った。それだけだ」

言い捨てて、フレデリックは逃げるように寝台から遠ざかる。足早に寝室を出て行ってしまった。フィンレイは寝台に横たわったまま、茹だったような顔を天蓋に向けていた。

「え……本当に？　だれにも見せたくないって……うわ、すごい……」

あからさまな独占欲を示されてしまった。フレデリックが、はっきりと。

嬉しい。身悶えしてしまうくらいに嬉しい。

興奮してしまったフィンレイは、結局、ぜんぜん眠れなかった。諦めて起き出し、扉一枚で繋がっている領主の妻の部屋に戻った。きちんと服を着て、夕食の時間までに気持ちを落ち着けようと、歴史書を読んで過ごした。

ノックの音とともにギルモアが手紙を運んで来たのはそんなときだ。

「お昼寝はもうお済みでしたか」

フレデリックから聞いていたらしいギルモアに、曖昧に頷いて自分宛という手紙を受け取る。ウィルフからだった。兄の名を目にすると、高揚していた気分が沈んでくる。いいことなどなにひとつ書かれていないとわかっているからだ。

結婚から一月ほどがたったときにはじめて手紙のやり取りをして以来、これで四通目になる。

「手紙、ありがとう」

忙しいギルモアはすぐに部屋を辞していった。一人きりになってから何度か深呼吸を繰り返し、ウィルフからの手紙を開封した。

もう見慣れた兄の字を目で追う。便箋一枚目は、いつものように時候の挨拶と王城の近況だ。問題は二枚目以降にある。

何度か読み返してみても、まちがった解釈のしようがないほど明確な内容だった。

そこには、フレデリックになにか弱みはないのか、人間性を疑うような問題は抱えていないかと書かれていた。さらに、滞りなく税は納めているがどこかに意図的な誤魔化しはないか、フレデリック本人でなくてもいい、身近な役人が不正を働いてはいないか、領内で重大な事件は起こっていないか、と続けられている。

二通目から、不穏な空気は感じ取っていた。フィンレイは気づかないふりで呑気な返事を送った。あからさまな言葉を書いて寄越すようになったのは三通目からだ。

兄の意図を、わかりたくない。しかしフレデリックの「王太子殿下に嫌われている」という話が、なんとなくそうかもしれない、というレベルではなく明確な事実であることを知った。

兄はフィンレイに間諜になれと言っているのだ。そしてフレデリックにとって都合が悪い情報を、ウィルフに流せと命じている。

「ああ、もう……どうして……」

思わず兄からの手紙をぐしゃっと握ってしまう。このまま丸めて捨ててしまいたい。

ウィルフがフレデリックを嫌う理由が、本当に嫉妬ならば、なんてくだらないことだろう。

王国内の領地の一部を、長年にわたって平穏に治めているディンズデールの領主。大切にするならまだしも、難癖をつけたいがためにどんな些細なものでもいいから汚点を探そうとするなんて、王太子が考えることではない。

「なんて情けない……」

ため息をつき、もう一度手紙を読み返した。嘆いていてもどうしようもない。ウィルフのためにフレデリックを裏切るつもりなど微塵もないことを、フィンレイは手紙に書かなければならなかった。

デスクの引き出しから便箋と封筒を取り出す。時候の挨拶から書きはじめ、フィンレイは自分がここでどれほど大切にされているか、幸せかを便箋何枚にも渡って書き綴ったのだった。

◇

ディンズデール地方の夏は駆け足で過ぎていく。子供たちが庭で水遊びができる時期は短かった。午後の休憩時間に役場を出てきたフレデリックは、芝生の庭で双子とライアンと妻が四人で球遊びに興じている様子を見つけて笑みを浮かべた。

フィンレイは額にうっすらと汗を滲ませて、ジェイとキースを上手に遊ばせている。あれだけ駆け回らせれば、双子は疲れ果ててよく寝るだろう。ナニーはすぐ近くで微笑みながら見守っていた。

ライアンも溌剌とした子供っぽい笑顔で球を蹴っている。フィンレイと打ち解けて以来、ライアンが勉強の合間にこうして外で遊んでいることは聞いていた。次期領主として課した勉学と武術の鍛錬に差し障りがなければ、自由時間は好きにしていいと言ってある。

こうして遊ぶようになってから、ライアンは表情が豊かになり、フレデリックに対しても雑談に応じてくれるようになった。どんどん表情が乏しくなり口数が減っていったことを、反抗期の訪れだと思っていたのはまちがいだった。精神が抑圧され健康を損なう寸前の状態だったのだ。フィンレイが気づかせてくれた。

ライアンの将来を思ってさまざまなことを学ばせていたが、彼にはおおきな負担になっていたようだ。取り返しのつかないことになる前でよかった。

フレデリックが庭に出て行くとフィンレイがすぐ気づき、双子たちも「おじうえー」と元気に手を振ってくれる。ナニーがすぐに「すこし休憩なさいますか」とフィンレイに声をかけ、汗拭き用の手拭いを手渡した。

ローリーが建物から出てきて、すぐ近くの東屋にお茶の用意をする。

「フィンレイ、おいで」

フレデリックはフィンレイの手を引いて東屋に連れて行った。

石造りの椅子には専用のブランケットが敷かれている。そこに並んで座り、さりげなく腰に腕を回した。フィンレイは居心地が悪そうにしながらも拒むそぶりはない。

フィンレイの体は火照っていたが、汗でしっとりとシャツが湿っている。すぐに冷えてくるだろう。ローリーからフィンレイのカーディガンを受け取り、着せかけた。

「そんなに近くに寄ったら、汗臭いですよ」

わずかに唇を尖らせて言い、体を離そうとする。フレデリックはよりいっそう腰を引き寄せた。

「どこが汗臭い？　爽やかな匂いしかしない」

「やめてください、嗅がないで」

頬を赤くして抗議してくるフィンレイが可愛い。お茶の用意が整うころに、ライアンと双子が東屋にやってきた。五人で午後のお茶会だ。

「おなかすいたー」

バスケットに盛られたスコーンをキースが取り、ナニーが皿に木イチゴのジャムを取ってあげる。ジェイもスコーンがほしいと手を伸ばし、フィンレイがジャムを小皿に盛ってあげた。ライアンはサンドイッチを食べている。

「ジャムだけでいいの？　クリームは？　ほしい？」

「ほしいー」

双子の世話を焼いているフィンレイの顔には、穏やかな笑みが浮かんでいた。その表情にホッとする。

最近、フィンレイが憂い顔でいることがあるのだ。ふとした折りに、ぼんやりと考えごとをしている。なにか悩みがあるのかと何度か尋ねたが、「なんでもないです」とか「たいしたことではないです」としか答えず、気を揉んでいる。

つい先日、ギルモアが気づいた。フィンレイが物思いにふけるのは、王都から手紙が届いたあとではないか、と。

領主の城に届く荷物と手紙は、すべて執事のギルモアが仕分けしている。フィンレイには、王都からときどき手紙が届いていた。嫁いでから一月ほどはそれほど多くなかったが、いまでは祖父とウィルフの二人と頻繁にやり取りしている。ギルモアによると、フィンレイはウィルフからの手紙だけでなく、祖父からの手紙を受け取ったあとも考えこむことが多いらしい。ウィルフからの手紙に何が書かれているかは、だいたい予想できた。

「ギルモア、王太子殿下からの手紙になにが書かれていると思う？」

フレデリックが問うと、ギルモアは確信をこめて答えた。

「おそらく、フィンレイ様が王太子殿下と旦那様のあいだで板挟みにならざるを得ないことが書かれているのだと思います」

「具体的には？」

「旦那様の汚点になるような情報を求めているのではないでしょうか」

フレデリックも同意見だった。

自分は完璧な人間ではない。けれど領主として後ろ指を指されるような仕事はしたことがないし、つねに領民第一で物事を考えるようにしている。脱税もしていない。不当に私財を貯めこんでもいない。ウィルフに探られても痛くも痒くもないのだ。それでも火のないところに煙を立たせることはできる。

フィンレイはフレデリックを裏切るような真似はしないだろう。もう疑っていない。

フレデリックにとって、いまではフィンレイはなくてはならない存在になっていた。そばにいると心が安まる。体に触れていると愛しさがこみ上げてくる。就寝前の習慣になっているくちづけは、日に日に深さを増していた。あとほんのちょっとしたきっかけがあれば、ギルモアが用意した香油が活躍するだろう。

フィンレイはウィルフからの手紙についてなにも言わない。だれにも相談するつもりがないようだ。届いた手紙は鍵がかかる引き出しにしまってあることはわかっていた。無理やり解錠して手紙を盗み見ることは可能だが、できればフィンレイには自分から打ち明けてほしい。

祖父とのやり取りも気になる。そんなに頻繁に手紙を交すほど伝えなければならないことがあるのだろうか。聞きたい。でも無理に聞き出すことはできない。

やるせない思いを抱えながら、フレデリックはフィンレイの髪に唇を寄せる。視線を感じて目を向ければ、ライアンがじっとこちらを見ていた。目が合うと慌てたように逸らす。その頬はほんのり赤くなっていた。

「なんだ？」

「いえ……」

ライアンは、ずっと独り身だった叔父がこうして妻に寄り添う姿を見ることに、なかなか慣れないようだ。自分でもあまりの変わりように驚いているくらいだから、当然のことだろう。

フィンレイの左手を取り、すでに習慣のように、薬指の指輪にくちづけた。

「フィンレイ、痩せたのか？　指輪がこんなに緩くなっているぞ」

「あ、本当ですね」

「修理に出そう。なくすと大変だ」

「いえ、このままでいいです。チェーンを通して、首にさげてもいいですか？　修理のあいだ、離ればなれになりたくないです」

「あなたがそう言うのなら」

フレデリックは笑みを向けて頷いてみせたが、フィンレイの指が痩せていることが気がかりだった。

◇

もう何通目になるだろうか。

王都から届いたウィルフの手紙を開封する。読みたくないという気持ちが指先を強張らせた。それでも読まなければならない。王太子である兄の手紙を無視することはできなかった。

便箋一枚目はいつものように時候の挨拶と近況だ。二枚目に入ると本題が書かれている。

早くフレデリックの弱みを見つけて知らせろ、おまえを嫁がせたのは田舎暮らしを満喫させるためではない、兄に尽くそうと思わないのか、おまえは無能か、といった苛立ちも露わな言葉が続く。

嫉妬と僻《ひが》みのあまり、ウィルフは思考がねじ曲がってしまったのだろうか。それとも、元々こういう性格なのだろうか。

『とにかく私が望む情報を寄越せ。いつまで実りのない手紙をやり取りさせるつもりだ。王太子である私を怒らせるとどうなるか、いくら市井育ちの半端者でもわかるだろう。王都にはおまえの祖父母と母がいる。ずいぶんと商売が上手くて繁盛しているそうだが、市場での商取引免許を取り消すことくらい私には簡単だぞ。そろそろ私のために働け』

脳裏に優しい祖父母の顔が浮かんだ。父王から半ば見捨てられているフィンレイを、とても可愛がってくれ、大切にしてくれた。

王都で暮らす身内を、ウィルフは人質のように扱うつもりだ。

手紙に書いてある通り、祖父の商売を潰すことなど、ウィルフにとって簡単だろう。彼には権力がある。

しかし持っているのは権力と傲慢さだけで、常識はないらしい。王城からほとんど出たことがないウィルフは、きっと民の暮らしなど想像もできないにちがいない。

祖父は数多いる商人の一人に過ぎないが、従業員は何十人もいて、彼らにはそれぞれ養っている家族がいる。取引先の店や生産者たちにもそれぞれ生活があり、そうして経済は回っている。祖父の店が潰れたら、直接的間接的に関わっている人たちのすべてに悪い影響があるのだ。祖父母と母と、関係しているすべての人々を見捨てることなどできない。

（お祖父様……）

フィンレイは祖父のたった一人の孫だ。愛情たっぷりに育てられた。その愛は、嫁いだあとも変わらず、フィンレイのことを心配してくれている。

ウィルフの脅しを受けて困惑したフィンレイは、祖父に手紙で事情を打ち明けた。豪商の括りに入る祖父だが、貴族ではない。たとえ頼りになる王族と親しかったとしても、相手は王太子。そう簡単にことは解決しない。手紙でいつも励ましてくれている祖父には、感謝しかなかった。

かといって、フレデリックを裏切ることもできない。そもそもフレデリックには、露見した途端に身の破滅になるような汚点はなく、領内は平和だった。しかしこのままでは、ウィルフは不正を捏造しかねない。いったいどうすればいいのか。

「そうだ」

名案がひらめいた。

「そうだ、そうすればいいんだ。どうしていままで思いつかなかったんだろう」

目の前が明るくなった。笑みさえこぼれてくる。

離婚すればいいのだ。

嫁いでから、まだ三月。もう三月とも言える。田舎での暮らしに馴染めなかったとか、王都が恋しくて帰りたいとか、原因は自分ということにすればいい。

「僕がここにいるから、兄上は情報を寄越せと言ってくるんだ。いなくなってしまえば、もうフレデリックにどうこうしようとは思わなくなるかもしれない」

現に、フィンレイが嫁ぐまではウィルフはフレデリックに直接害を成そうとはしなかった。フィンレイを自分の手駒だと思っているから、その働きに期待するのだ。

離婚して王都に戻ってしまえば、ウィルフはもう期待しないだろうし、祖父に迷惑をかけることもなくなるだろう。フレデリックが父王から責められないように、離婚理由はすべて自分にあると立ち回ればいい。

ずっと好きだった人を守るのだ。そのためには父王の怒りを買ってもいい。

「フレデリック……」

離婚したら二度とフレデリックに会えない、と思うだけで涙が滲んだ。

最近は本当に愛されているのかもしれない、と錯覚しそうなほどフレデリックは優しい。ごく自然に抱き寄せられたり、くちづけられたりするたびに、フィンレイは陶然《とうぜん》とした。

それ以上に体を求められることはなくとも、大切にされている実感だけでじゅうぶん幸せだった。

嫁いできてくれてありがとう、と言ったフレデリックの気持ちがあれば、フィンレイはこの先ひとりで生きていける。

本当は離婚などしたくない。離れたくない。このままここで暮らしていきたい。ライアンと、ジェイとキースの子供たちと、ギルモアとローリーと忠実な使用人たちと、役場のひとたちと――みんなで穏やかに日々を紡いでいきたい。

悲しくて、寂しくて、涙がこぼれた。自分はなんて非力なのだろう。十二番目の王子で、父王に目をかけてもらっていないことを、これまで特に気にしないできた。いまはじめて、なんの権力も後ろ盾もないことに打ちのめされている。

フィンレイは涙を拭きながら便箋を取り出し、返事を書きはじめた。

まずは時候の挨拶。そして、兄の希望を叶えることはとても難しいと、遠回しに、失礼にならないように言葉を選んで書かなければならない。

ペンを持つ手が震えた。字が乱れる。

「あっ」

インクがぽとりと落ちて、じわりと紙に染みて広がった。顔を上げて、ひとつ息をつく。いま返事を書くことは無理そうだ。あとにしよう。兄の手紙と書きかけの便箋をまとめて引き出しに突っ込む。

窓の外に目を向けた。紅葉がはじまっている庭木を見つける。あの木が落葉するころ、自分はきっとここにはいないだろう。幸せだったときの記憶だけを持って、ここを出て行く。

「フレデリック……」

好きでたまらない人の名前を呟くと、あらたな涙が溢れ、頬を伝って落ちた。

◇

フィンレイの顔色がよくない。口数が少なく、笑顔が減った。指が痩せて結婚指輪がするりと抜けるようになってしまったため、チェーンを通して首にかけるようになった。

「叔父上、フィンレイはどこか具合が悪いんですか？」

ライアンにこっそりと尋ねられたが、フレデリックは答えられない。

脳天気の代表格のようなジェイとキースですら、フィンレイの様子に気がついた。

「おなか、いたいの？」

「ねむいの？　おうたをうたってあげようか」

元気づけようと、あれこれ声をかけている。

「大丈夫、ちょっと疲れているだけ」

フィンレイが安心させようとして笑うが、ジェイとキースは余計に心配そうに「ぼくのおやつ、あげるよ」「ぼくもあげる」と競うようにクッキーを捧げた。

　体調不良の原因は明確だ。鍵がかかる引き出しにしまってあるウィルフからの手紙を、いつ見せてくれるのか。いつ打ち明けてくれるのか。このままでは早晩、フィンレイは倒れてしまう。

「なにか心配事があるんだろう？　私に話してくれないか」

　就寝前、二人きりになったときにそう促した。もう毎晩のようにおなじことを言っているのに、フィンレイは頑固だった。「なにもないです」と言い張る。

　ある夜、衝撃的なことを口にした。

「王都に帰りたいです」

　耳を疑った。想定外のことを言われ、フレデリックは頭が真っ白になった。

「祖父母と母に会いたいです。ここでの暮らしに、私は結局、馴染めませんでした」

「……それは、つまり、離婚したいということか」

「はい」

　ちいさく頷いたフィンレイの顔は青ざめ、黒い瞳はじっと寝室の床を見ている。ガラス玉のように生気のない瞳は、決してフレデリックをうつそうとはしなかった。

「……馴染めなかったのか」

「はい」

「どうしても帰りたいと?」

「ごめんなさい」

「それを私がそのまま信じると思っているのか?」

フィンレイは黙って項垂れる。

内心で激しく動揺しながら、フレデリックは考えた。そして猛省した。フィンレイにここまで言わせてしまった自分が情けない。こんな結論を出さざるを得なくなるほど、フィンレイは追い詰められているのだ。

「私が嫌いになったわけではないんだな?」

返事はなかった。可哀想なフィンレイ。正直すぎて、嘘でも「嫌い」とは言えないのだろう。フレデリックは自分の寝台にフィンレイを誘った。

「おいで。今夜は一緒に寝よう。なにもしない。ただ手を繋いで眠るだけだ」

フィンレイはおとなしくついてきて、フレデリックの隣に横たわってくれた。肩を抱き寄せて、ちいさな唇にそっとくちづける。

季節は秋の入口だ。夜はすこし冷えるようになってきた。湯浴みをして温まったはずのフィンレイの手足が、もう冷えていた。フレデリックは腕の中に抱きこんで、熱を分け与えた。手足を縮めていたフィンレイが、ふっと強ばりを解いて細く息を吐く。しばらくすると、寝息が聞こえてきた。

目を閉じたフィンレイの顔をじっと見つめる。嫁いできたばかりのころにはなかった憂いが、目元に表れていた。

もう限界だ。自主性を重んじて見守っていたが、離婚などを持ち出されては我慢ならない。フレデリックはフィンレイが完全に寝付くまで動かなかった。

抱擁を解いても起きる気配がない深い眠りに落ちるまで待ち、フレデリックは寝台を下りる。ガウンを羽織り、室内履きを履いて、寝室を出た。城の中は静まりかえっている。足音を殺して一階に下り、ギルモアの部屋まで行った。

ノックをするとすぐに扉が開いた。ギルモアはまだ寝る支度をしておらず、シャツにベストという格好だ。

「旦那様、どうかなさいましたか」

「フィンレイが離婚したいと言い出した」

ハッと目を見開き、ギルモアが厳しい顔つきになる。

「デスクの引き出しの鍵を出してくれ」

「かしこまりました」

ギルモアはすぐに部屋の中に戻り、鍵の束を取ってきた。フレデリックはどれがどこの鍵か一見しただけでは判別できない。しかしギルモアはわかっているようだ。素早く一本を選び出し、それを束から外した。デスクの使用者であるフィンレイが持っている鍵とは別に、もう一本、おなじものを執事が保管しているのだ。紛失したときのために。

「これです」

受け取って、踵を返す。ギルモアもランプを手に後ろをついてきた。

フレデリックはフィンレイの部屋――つまり領主の妻の部屋に廊下から入り、窓際のデスクに一直線に向かう。引き出しの鍵穴に鍵を差しこむと、カチッと硬質な音がして解錠された。引き出しの中には、十通ほどの封書が入っていた。すべて王家の紋章入りだ。鍵がかからない別の引き出しには、祖父母と母からと思われる手紙が保管されている。

「旦那様、明かりを」

よく見えるようにとギルモアがランプを近づけてくれた。心の中で、「フィンレイ、すまない」と無断で手紙を読むことを謝罪しながら、フレデリックは一通ずつ目を通していった。ギルモアも横から文面を確かめている。

「これは……ある意味、想像通りではあるが、酷いな」

「フィンレイ様がお可哀想です」

滅多に感情を露わにしないギルモアが、呻くように呟く。

「王都で暮らす祖父母たちを盾にされたら、フィンレイはどうしようもない。あいかわらず王太子殿下は悪知恵が働くようだ」

「どうなさいますか」

「これは明らかな脅迫だ。ここまで書くからには、王太子殿下は本気だろう。なんらかの対抗措置を取らなければ、本当にフィンレイの祖父母たちが危ない」

「どうなさるおつもりで？」

「私にもそれなりの人脈がある。相手が王太子殿下だからといって怯んでいては身を守れない。なにより今回は大切な妻を苦しめた。あの方には、それなりの報いを受けてもらいたい」

燃えるような怒りが腹の底からふつふつと湧いてくるようだった。

許さない。自分を陥れるためにフィンレイを傷つけ、苦しめた。懊悩するあまり満足に食事が取れないほどになってしまった妻のために、フレデリックはウィルフに報復することを決意した。

「……だれ……？」

キイ、と扉が軋む音とともに、フィンレイの声が聞こえた。

「そこにだれかいるの？」

しまった、思ったより眠りが浅かったか、と舌打ちする。隣の寝室と直接行き来できる扉が細く開いて、寝衣姿のフィンレイがこちらを覗いた。

「フレデリックと……ギルモア？」

ふらりと一歩踏み出したフィンレイは、フレデリックとギルモアがなにをしているのか気がついたようだ。息を呑んで、立ち尽くしている。

　フレデリックは手紙をギルモアに託し、フィンレイに歩み寄った。

「フィンレイ、勝手に引き出しを開けてしまってすまない」

　愕然としているフィンレイに、まず頭を下げた。

「どうしても王太子殿下からの手紙の内容を確認したかった。あなたから話してくれる日を待っていたが、もう限界だ。このままでは心労のあまり、あなたが体を壊してしまう。これはあなただけの問題ではない。私が対策を――」

「……ごめんなさい……」

「フィンレイ?」

「ごめんなさい！　ごめんなさい！」

　悲鳴のような謝罪を繰り返し、フィンレイはその場にしゃがみこんだ。

「僕の兄がごめんなさい！　フレデリックはなにも悪くないのに、兄が、兄があんな酷いことを考えているなんて、僕はなにも知らなくて、ごめんなさい！」

　叫ぶように何度も謝るフィンレイの華奢な背中が、丸く丸く縮んでいく。

「だから、僕は王都に帰ります。僕はここにいない方がいい。ここから僕が出て行けば、フレデリックにも祖父たちにも、兄はきっと――」

「私は別れるつもりはないぞ」

「離婚してください」

「私のことが嫌いになったわけではないなら、ここにいてくれ」

「あなたの迷惑になりたくない！」

「私はここにいてほしいと言っている。私の望みを聞き入れようとはしてくれないのか」

「ごめんなさい……ごめ……」

「頼むから、別れたいなどと言ってくれるな。私の胸は張り裂けそうだ」

嗚咽《おえつ》混じりに「ごめんなさい」と呟くフィンレイが、哀れで愛しかった。

ああ、とフレデリックは覆い被さるようにして抱きしめる。

「フィンレイ、あなたはなにも謝らなくていい。あなたはなにもしていない。むしろ私をひとりで守ろうとしてくれた。ありがとう。ありがとう。私はとても嬉しい。あなたは私の誇りだ」

「フレデリック……！」

顔を上げたフィンレイの黒い瞳からは涙が溢れていた。縋るように腕を伸ばしてくるフィンレイを、しっかりと抱きとめる。

「大丈夫、私に任せてくれ。どうすれば事をおさめられるか考える。だからフィンレイはもう謝らなくていい、悩まなくていい」

「でも、でも相手は兄です……」

「私にも人脈がある。王太子殿下は私を嫌っていることを隠していないから、そのなさりように眉をひそめて同情してくれている重臣は多い。外側から手を回そう」

「そんなこと、できるんですか」

「できるかどうか、ではなく、やるんだ。このまま放置しておくわけにはいかない。遅かれ早かれ、王太子殿下は私を失脚させるためになんらかの工作をするだろう。そうなると、領民やフィンレイの実家にも害が及ぶのはまちがいない。それを阻止するためには、こちらも積極的に動く必要がある」

フィンレイが腕をぎゅっと掴んできた。必死さが窺える力の強さだった。

「危険なことはしないでください。あなたにもしものことがあったら、僕は……」

「そんな心配は無用だ。私は自分の命を粗末に扱うことなどしない。領主としての責任を放棄するわけにはいかないからな。大丈夫、あなたを悲しませるようなことはしない」

「本当に？」

「本当だ」

濡れた瞳を揺らして不安げにしているフィンレイの顔を自分に向けさせた。血の気を失っている唇にくちづける。熱を分け与えるように、深く舌を絡めた。くちづけを解いたあとも、フィンレイをあやすように触れるだけのくちづけを繰り返していたら、腕の中の体がくったりと力を失った。顔を覗きこむと半ば眠りかけている。

重大な秘密が秘密ではなくなり、フレデリックが手を打つと約束したので張り詰めていた気が緩んだのだろう。

背後でこちらの様子を見ていたギルモアを振り返る。

「すまないが、朝一番にマーティンの屋敷に使いを出してくれ。王都までの旅支度をして、できるだけ早く出仕しろと」

「かしこまりました」

「その手紙は私の書斎に運んでおいてくれ」

フィンレイを抱き上げて領主の寝室へと運ぶ。こんどこそ朝までふたりで寝よう。眠気で朦朧としながらもフレデリックの寝衣の袖を掴んで離さないフィンレイにもう一度くちづけて、寝台に並んで横たわった。

目を閉じたフィンレイの窶れた顔を見ていると、ウィルフへの怒りが再燃してきて、フレデリックは愛しい人を抱きしめながらも目をギラつかせた。

明日の朝、呼びつけたマーティンにまずなにを命じるか、その後はどう動くか、頭の中で作戦を練った。

◇

パンが美味しい。スープも美味しい。空が青くて美しい。

「ずいぶんとお顔の色がよくなりましたね。もうひとつ、パンをいかがですか？」

ローリーが手に提げたカゴから丸いパンをひとつ、フィンレイの皿に載せてくれた。焼きたてでほかほかのパンを手に取り、一口大に千切る。口に入れると、小麦と酵母《こうぼ》の香りが鼻に抜けていく。つぎの一口は木イチゴのジャムをつけて食べた。美味しい。

なにを食べても砂を噛むように味気なかった日々が、まるで嘘のようだ。

王都から届いた兄の手紙をフレデリックに見られてから、七日がたっていた。あの翌朝、フィンレイは寝台から起き上がることができなかった。全身に鉛《なまり》でも詰めこんだように重く、思うように動けなかったのだ。

すぐに医師が呼ばれて診察を受けた。心労だと診断が下り、しばらく安静にして滋養のあるものを食べるようにと言われた。フレデリックは日に何度も仕事を抜け出して様子を見に来てくれた。そのたびに「大丈夫、私に任せろ」と言葉をかけてくれ、フィンレイを安心させようとしてくれた。

フレデリックはウィルフの所業を訴える手紙を何通も書き、自分の腹心であるマーティンを王都へ派遣した。味方の貴族や大臣に渡してもらったという。

マーティンはそのまま王都に滞在し、王城の動きを逐一こちらに知らせてくれている。

フィンレイはフレデリックのそうした対抗策を祖父に手紙で知らせた。夫はやはり聡明で頼もしく、素晴らしい人だと褒め称える文章とともに。

それから数日で、早くも効果が出てきた。フレデリックに味方してくれている人たちは的確に動いてくれたようだ。

「大臣の口から陛下に伝わったようだ。貴族と王族のあいだでも、今回のことが噂話としてゆっくり広がりつつある。皆が知るところとなれば、陛下は無視できなくなるだろう。さて、王太子殿下は陛下からどんな叱責を受けるかな」

淡々と話しながらも口元が笑っている。父王からの叱責が、ウィルフにとってどれほど重い罰なのか、正確に理解している顔だ。

おそらく、ウィルフは父王の許しが出るまで議会では発言権がなくなり、人事権も制限される。そうなれば、ウィルフのとりまきになっていた王族や貴族たちは離れていくだろう。当分のあいだ、ウィルフはおとなしくしているしかない。

しかし、フレデリックも無傷ではいられないのではないだろうか。売られたケンカを買ったのだ。王太子に報復するつもりで各方面に働きかけた事実は、隠しようがない。

「私のことなら気にしなくていい。こう見えても、立ち回りはうまいんだ。なにせもう十年近く領主を務めているからね」

そう言われてしまうと、余計な口出しはできない。頬にくちづけをもらい、フィンレイは黙った。それが昨日の夜の会話だ。

「フィンレイ様、今日からお子様たちと会ってもよいと旦那様から言われています」

「本当ですか」

はい、と頷いたローリーも嬉しそうだった。みんなに心配をかけていたことを、体調が回復してからフィンレイは気づいた。ウィルフからの手紙を秘密にして、なんとかしてひとりで解決しようと悩んでいたあいだ、きっとフィンレイの様子はおかしかった。周囲の人たちを巻きこんでいるつもりはまったくなかった。ギルモアやローリーを信用していないわけではなかったけれど、だれにも言えなかった。

黙って見守ってくれていたことに感謝しつつ、フィンレイは淹れたての熱いお茶をゆっくりと飲んだ。このあとで子供たちとなにをして遊ぼう、と考えながら。

その数日後、仕事を終えて役場から帰ってきたフレデリックに、話があると呼ばれて書斎へ行った。開口一番、「王都に行くことになった」と言われ、フィンレイはにわかに緊張した。

「陛下が直接私から今回の件について詳細を聞きたいと仰せだ。王太子殿下がフィンレイに宛てた手紙を、証拠として持参していこうと思う」

「僕も行きます」

「いや、あなたは留守番していてくれ。私ひとりで大丈夫だ」

「僕だって当事者です。僕が証言した方が、絶対に有利になります」

「それはそうかもしれない。しかし王都までは馬車で五日から六日はかかる。病み上がりのフィンレイには厳しい旅になるだろう。せっかく元気になったあなたに、また寝込まれたくない」

「王都までの旅くらい、平気です」

「フィンレイ」

駄々っ子を宥めるように、フレデリックが抱きしめてきた。柔らかくくちづけられて、フィンレイは泣きそうになる。

「大丈夫、きっと陛下はわかってくださる。私には後ろ暗いことは一切ない。陛下に忠誠を誓い、ただただ真面目に働いてきた。このまま平和に領地を治めていきたいだけで、なんの野心もない。父から受け継いだそういうところを、陛下は好ましいと思ってくれているのだと信じている」

「でも、兄は長子で、王太子です」

いくら王国内有数の優良な土地を治めている領主でも、今回、失態を犯したとはいえ王国の後継者として認められている王太子とは、あまりにも立場が違いすぎる。

父王がどこまで公正に考えてくれるか、わからなかった。

「それでも私は、いまが踏ん張りどころだと思っている。あなたと別れたくないから」

「フレデリック……」

顔を見上げたフィンレイに唇を寄せてきたフレデリックは、今度は深いくちづけをしてきた。柔らかな舌が慈しむように動いてフィンレイを気持ちよくさせてくれる。おおきな手が首筋を撫で、髪を撫でながら頭皮を揉んだ。もう片方の手はフィンレイの背中を撫でている。あまりの気持ちよさに足から力が抜けていきそうになる。

「フィンレイ、あなたは私の妻だ」

唇を離し、フレデリックがじっと見つめてきた。美しい碧い瞳には、静かな情熱がこもっているように感じられた。

「王都から戻り、すべてが片付いたら、あなたを抱いてもいいか？」

抱く。それはいったい、どういう――？

フレデリックの唇が優雅な曲線を描き、笑みの形をとった。ぽかんとして半開きになったまま閉じられないフィンレイの唇に、ちゅっと音をたてて重なってくる。

「可愛いな、本当に」

くくく、と愉快そうに笑われても、フィンレイはなにも返せない。

「私は本気だから、考えておいてくれ」

そう言い置いて、「着替えてくる。またあとで」と書斎を出て行った。

残されたフィンレイはふらふらと手近な椅子に座り、言われた言葉の意味を真剣に考えた。何度も何度も頭の中で繰り返し、長い時間をかけて意味を理解していく。それにつれて、カーッと全身が熱くなってどっと汗が吹き出してきた。

「抱く、抱く？　僕を？　あの人が？　えっ？　なんで？　えっ？」

まさか。そんなことにはならないと思っていた。フレデリックに抱かれるなんて。あの、領主の寝台でするのだろうか？　それとも領主の妻の寝台で？　いやいや、どっちだろうと問題じゃない。することは一緒だし。

「する？　するって、僕とフレデリックが？　本当にするの？」

どうしよう、とおろおろして書斎の中を歩き回った。嬉しい。すごく嬉しいけど、フレデリックは突然どうしたのか。

「だ、だれかに相談……いや、相談なんてできない。というか、だれに？　なんて言うの？　あ、ローリー？　ローリーには伝えないと」

支度が必要だし……とまで考えて、また顔が燃えるように熱くなった。

「支度って……！」

混乱の極みだ。動揺のあまり時間の感覚が狂ってしまい、夕食の時間になっても気づけなかった。食堂に姿を現さないフィンレイを探しにギルモアがやって来るまで、ずっと書斎の中をぐるぐると歩き回っていたのだった。

王家の紋章入りの手紙を、重要書類の保存用の厚紙で挟み、防水用の油紙で丁寧に包んだ。さらにそれを頑丈な木製の書類箱に入れて、組紐で括る。

それを持って、フレデリックは四頭立ての領主の馬車に乗りこんだ。御者は長年仕えてくれている男に任せる。護衛は私兵を四名連れて行く。すでに騎乗して馬車の周囲で待機していた。身元が確かな強者ばかりで、全員が帯剣している。このうち一名だけ短銃も同時に携帯していた。ほかの私兵はまだ銃器の訓練が行き渡っていなかった。

ディンズデール領内は治安がいいが、王都までの道のりでなにがあるかわからない。山賊対策として護衛兵は必須だった。ディンズデール領内は安全だろうから、境界を越えるまではこの人数で進む。他の領地に入ったあと、最初の宿場町で護衛兵を雇い入れて人数を増やすつもりだった。いままでこのやり方で不都合はなかった。

腹心のマーティンは王都でフレデリックを待ちながら、根回しを続けてくれているはずだ。

◇

王都までは早馬で片道三日かかる。四頭立ての馬車だと早くて五日、天候が悪ければ六日。できるだけ早く行って帰ってくるつもりだが、それでも王都での滞在日数を考えると、おそらく十五日から二十日間ほどは留守をすることになる。

結婚してからこれほど長く城を空けたことはなかった。しかも王都へ行かなくてはならなくなった経緯が経緯だ。フィンレイが不安も露わな表情をしているのは当然だった。

「では、行ってくる」

馬車の窓から顔を出し、見送りに立ってくれている家族と使用人たちに微笑みかけた。ギルモアに目で「後は頼む」と合図し、フィンレイに、「留守のあいだ、子供達を頼む」と声をかける。

「フレデリック、お帰りをお待ちしています。どうか、ご無事で」

「大丈夫だ。心配はいらない」

もう何度も繰り返した言葉をまた口にしてフィンレイをしばらく見つめたあと、ライアンとも目を合わせた。今朝、二人きりで話をした。

もし国王の不興を買ったら、もう帰ってこられないかもしれない。いきなり罪人として投獄されることはないだろうが、可能性がまったくないとは言い切れない。家名断絶にならなければ、ライアンが領主として立つことになるだろう。ただし、自分は負けるつもりはない。王太子殿下の悪意の証拠となる直筆の手紙はこちらにあるし、味方になってくれる人もいる――。そんな話をした。

ライアンは愕然としていたが、フレデリックに引き取られたときから次期領主となるべく教育を受けてきたのだ。衝撃が過ぎたあとはぐっと口元を引き締めて、「わかりました」と返事をしてくれた。

「出してくれ」

御者に命じると、ゆっくりと馬車が動き出す。ウィルフの手紙が入った箱を横に置き、馬車の揺れに身を任せてフレデリックは目を閉じた。すると一番に脳裏に浮かんでくるのは、フィンレイの顔だ。

抱きたい、と男の欲望をあからさまにしたときのフィンレイの驚いた顔を思い出すと、笑みがこぼれてくる。笑っている場合ではないのに。

まさかこんな気持ちになるとは、結婚が決まったときは想像もしていなかった。

すべての片がついて無事に領地に戻ったら、フィンレイと本当の意味で夫婦になる。たっぷりと時間をかけて可愛がりたい。毎日くちづけて毎日愛を囁いて、死が二人を別つまで、そばに置いておきたい。

そのためにも、まずは目の前にある厄介事《やっかいごと》を解決しなければならなかった。

◇

「フィンレイ様、もう中に入りましょう」

フレデリックを乗せた馬車が城壁の向こうに見えなくなってからも、フィンレイはしばらく動かなかった。秋本番の季節、昼間でもずっと外気に当たっていると寒く感じるようになっている。

「お体が冷えます」

肩にショールをかけてくれたのはローリーだ。玄関ホールに戻ると子供たちが待っていてくれた。ジェイとキースがフィンレイの両脇にくっついてきて、それぞれ手を握ってくる。ライアンが気遣うように見つめてきて、フィンレイは反省した。

しっかりしなくては。フレデリックが帰ってくるまで、代理として城の主になるのは妻であるフィンレイだ。泰然としていないと、子供たちが不安がる。

「ねぇねぇ、フィンレイ、おじうえはおうとへいったんだよね？　それって、どこにあるの？　すごくとおいの？」

「とおいんだよ、きっとすごくすごくとおいんだよ。そうだよね、フィンレイ」

ジェイとキースは王都に興味を抱いているようだ。フィンレイはギルモアに頼んで、大陸の地図を居間に持ってきてもらった。

さすがディンズデール家だ。美しくて正確な地図を所有している。居間のテーブルいっぱいに地図を広げ、フィンレイと双子とライアンの四人で覗きこむ。

「ここがディンズデール領のお城。いまみんなでいる場所だね。そしてここが王都」

フィンレイが指さすところを、ジェイとキースが目を輝かせて見つめる。

「おじうえは、いまどこにいるの？　このへん？」

「さっき出発したばかりだから、まだこのあたりだと思うけど」

「じゃあやっぱり、おうとはとおいね」

「とおいねー」

しみじみと頷きあっている双子が微笑ましくて、フィンレイは寂しさが癒されていくような気がした。それからしばらく地図を眺めて過ごし、子供たちの勉強の時間になった。

書斎から持ち出された地図は、しばらく居間に置いておくことになった。一日一回、子供たちといっしょにフレデリックの現在地を確認しようと決めた。

フィンレイは自分の部屋に戻り、静かに読書をした。集中して読もうとしても、やはりフレデリックのことが頭から離れなくて、なかなかページが進まない。落ち着かない。どうして胸がザワつくのだろう。

もう読書を諦め、ため息をついて本を閉じた。なんとなく居間に足を運び、部屋の隅に丸めて置いてある地図を広げてみる。

朝出発したフレデリックは、まだディンズデール領から出ていない。領地から出るのは明日になるだろう。今夜は町外れの宿屋で馬車を降りるはずだった。

「フィンレイ様、ここにいらっしゃいましたか」

ギルモアが急ぎ足で居間に入ってきた。探していたようだ。

「なにか急用ですか?」

「来客です。フィンレイ様にお会いして、直接お伝えしたいことがあるという者が来ています。お取り次ぎしていいものかどうか迷いましたが、旦那様に関することだと言うし、どうもただ事ではない様子で……」

「わかりました」

返事をしながら、もうフィンレイは居間を飛び出していた。

「フィンレイ様、正面玄関ではなく使用人用の通用口です」

方向転換して裏口に向かう。裏口で待たせているというだけで、来客が平民であることがわかった。

ギルモアが追いかけてきながら説明してくれた。

「来客は平民で、男が二人です。デリックとロブと名乗っています。デリックはフィンレイ様のお祖父様の使いらしく、ロブは灌漑施設の工事に従事している作業員のようです。お知り合いですか」

「デリックとロブ! 二人とも知っています」

ロブはフレデリックに連れられて灌漑設備の工事現場に行ったとき、再会した男だ。かつて祖父に雇われていた熟練の工夫。デリックは輿入れのときに雇った、人足たちのリーダーだった男だ。

この地で働いているロブはともかく、王都に帰ったはずのデリックがここにいるのはなぜだろう。そして二人がいっしょにフィンレイを訪ねてきたのはどうしてだろうか。

裏口に急ぐと、数人の使用人に見張られるようにしてデリックとロブが立っていた。

灌漑施設の工事は、場所を変えてまだ続いている。冬が来て雪が降るまで続けられるらしい。現場から来たのか、ロブは土埃で汚れた作業服の上に古いコートを羽織った格好だった。生地が毛羽だった帽子を手の中で揉んでいる。

デリックはあいかわらず顔の半分が茶褐色のヒゲで覆われていて、年齢不詳だ。驚いたことに薬の行商人風の装束《しょうぞく》を身につけていた。傍らに、背負えるようにベルトがついた薬箱が置いてある。デリックがこんな格好をしているのを、フィンレイははじめて見た。

「ああ、フィンレイ様」

小走りで駆け寄ったフィンレイに気づき、ロブが腰を低くした。

「二人とも、どうしたの？　なにかあったの？」

親しげに話しかけた様子から本当に知り合いだとわかったのだろう、使用人たちの緊張が解けたのが伝わってくる。しかし、デリックの次の一言で一気に空気が張り詰めた。

「もしかして、領主様のお命が狙われているかもしれません」

「どういうこと？」

二人の顔を交互に見つめると、デリックが神妙な表情で、「じつは」と語り出した。

「オレはフィンレイ殿下のお祖父様に頼まれて、ここにやって来ました」

「えっ、お祖父様？」

「お祖父様は殿下の苦境を知り、オレにディンズデール領の状況を調べて来てほしいと言いました」

「それで行商人の格好をしているわけですか？」

「ええ、まあ、こうした仕事ははじめてではないんで……」

どうやらデリックは裏でこうした諜報的な仕事を請け負う男らしい。いままでも祖父に何度も雇われたという。

「王都での動きはお祖父様が追っています。オレはこっちで警戒し、なにか異変があったらすぐ知らせるようにと言われました。時と場合によっては、領主様か殿下に話してもいいということになっていて」

それで城まで訪ねてきたらしい。

「領内で、なにかあったの？」

なにもなければ訪ねてくるはずがない。デリックがロブの背中を叩いて、「ほら、知っていることを殿下に言えよ」と促した。

手の中の帽子をさらにぎゅっと握りしめながら、ロブが「間違っていたらすみません」と頭を下げながら口を開いた。

「領主様が王都へ向けて今朝早くにお出かけになったことは知っています。オレがいま工事しているのは街道筋で、そろそろ仕事に取りかかろうっていうときに、領主様の馬車が通り過ぎていくのを見ました。それで、現場の仲間の点呼をしたときに、ひとり、足りないことがわかりました。俺、そいつとはずっとおなじ班で、ちょっと変わったヤツだなと思っていて……」

それまで仕事を休んだことがない作業員の姿が、今朝になってから消えた。そのくらいでは、すぐにロブは不審に思わなかっただろう。もっとなにかあったのだ。

「その工夫は、どういう感じで変わっていたの？」

「ときどき、王都から手紙が届いていたんです」

「王都から……」

ざわっと背中に嫌な感覚が走る。王都からの手紙、というものが、フィンレイの中で良いものであったことが少ないからだ。

「仲間たちは、手紙のやり取りができるくらい字の読み書きができるなんて凄いな、って感心していました。そいつは王都の募集でここに来たヤツだから、きちんと教育を受けたんだなと、オレも最初は思うくらいだったんですけど、そいつ……届いた手紙を読んだあと、かならず人目のないところで燃やしていたんです。それに気づいたとき、おかしいなと思いはじめて」

「燃やしていた？」

「おかしいですよね？　出稼ぎ先まで手紙を送ってくるなんて、よほどのことです。家族が重い病気で容態を知らせてきたとか、いい仲の女が恋文を寄越してきたとか、なにか理由がないと、手紙なんて書かないでしょう？　オレたちの中で、何回も手紙が届くのは、そいつだけなんです。そんな、普通はめったにない手紙を燃やすなんて、絶対に変だ」

ロブは長年、工夫として色々な現場を経験してきた男だ。その男に違和感を抱いた勘は、真っ当なものかもしれない。

「そいつの名前はボートンっていうんですが、つい昨日も手紙が届いていたんです」

「それで今朝から姿が見えないということだね？」

「はい。いままで休んだことなんてなかったのに。さっき昼休みに宿舎まで見に行ったら、荷物もなにもかも、なくなっていたんです。今週の工賃をまだ受け取っていないのにですよ？」

それは完全におかしい。フィンレイの中で焦燥感が一気に膨らんだ。

「そいつがいなくなったことを現場の仲間に伝えに行ったら、同室のヤツが、もしかしたら夕べからいなかったかも、って言い出して」

「昨夜から……」

「昨日の夜、寝る前に話してから姿を見ていないって。それに、びっくりすることを聞いてしまって……」

「なにを聞いたの？」

「ボートンの荷物の中に、短銃があったのを見たって言い出したヤツがいたんです」

思わず息を呑んだ。短銃など、めったに手に入るものではない。一般的に流通しているのは、狩りに使う実用性が高い猟銃だ。それも平民にとってはかなり高価になる。短銃ともなれば、まず平民には買えない。射程距離が短いので狩りには不向きのため、もっぱら装飾性を高くして貴族や豪商の収集品になっていた。

一方で、短銃は持ち運びに便利なので、装飾性を一切なくした簡素な意匠のものが最近は軍や警備関連に取り入れられている。現に、フレデリックの護衛が装備に入れているのを見た。装飾性がなくても、高価なものには変わりはないが。

「どうして一介の工夫が短銃を……？」

ただ銃器が好きで、金を貯めて購入したのかもしれない。そうだとしても、荷物に入れて持ち歩くのは危険だ。見つかったら不審者として捕まり、投獄されかねない。

その男は、本当に工夫なのだろうか。危ない橋を渡るのは、それなりの理由があったからだとしたら――。

しかし短銃を持っていたというだけで、二人がフレデリックの危機に結びつけたとは思えなかった。

「まだなにかある？　全部聞かせて」

「殿下、オレは偶然、酒場でそいつが酔っ払ってくだ巻いているのを見ました」

今度はデリックがしかめっ面で口を開いた。

「そいつがボートンっていう名前なのは、いっしょに飲んでいた仲間がそう呼んでいたからわかりました。ボートンは領主様の悪口を言っていました。わりと酷いことを」

「どんな悪口？」

内容によっては背後関係が想像できるかもしれない。

「……怒らないでくださいよ」

「デリックが言ったわけではないなら怒らない」

さあ、とフィンレイが再度促したら、デリックはため息をつきながら教えてくれた。

「ここの領主は悪どいことをやって儲けているにちがいないだとか、王子を娶って喜んでいる変人だとか――」

「なんだと？」

側にいた使用人の一人が声を上げたが、それをギルモアが素早く制止する。

「それで？　もっと悪口を言っていたんでしょう？　ボートンが言ったことを、覚えているかぎり全部教えて」

「こんな工事になんの意味があるんだとか、土地に恵まれているだけなのに領民たちは領主のおかげだとかありがたがっていてバカみたいだとか」

「それは酷いね」

それから？　と再度促す。

「王太子殿下に逆らうってことは、国王陛下に逆らうのといっしょだと」

なるほど、と静かに頷いてみせる。

「王太子殿下は正しいとも言っていましたね。かなり酔っ払っていたから、よく聞き取れない部分もありました。でもまあ、そいつが王太子殿下のことを崇拝しているらしいってのは、わかりましたよ。それでかなりあやしいなとは思っていたんです。今朝になってから、工夫の宿舎がザワついているんでちょっと覗いてみたら、ロブがうろついているのが見えたんで声をかけました。なにかあったのかって」

「びっくりしたよぅ、こんなところでデリックに会って。オレ、おまえがここに来ていること知らなかったから」

「もっと早く声をかけておけばよかったたって後悔したぜ。ロブがいることは知っていたから。ボートンってヤツ、あやしいどころじゃねぇよ。くそっ、オレとしたことが」

デリックは舌打ちし、低く唸りながら片手でヒゲをわしゃわしゃとかき混ぜた。

整理すると、こうだ。姿を消した作業員は王都から来ていて、頻繁に王都から手紙が届いていた。そしてウィルフを崇拝している――。

「ロブ、王都からの手紙がだれからのものか、知ってる？　チラッとでも見た？」

「それが……わからないんです。宿舎に届く手紙は現場監督がまとめて受け取って宛先人に配っているんですけど、監督に聞いたら差出人の名前はなかったって」

差出人の名前を見られたら困るから書かなかったと解釈できる。

「封筒はどんなものだった？　真っ白で分厚くて、隅に模様が印刷されていたり、特別に誂《あつら》えたりしたものではなかった？」

「それは、よくわかりません。白かったのは確かです。ああ、それと……封蝋されていたみたいです」

「封蝋？」

一般庶民は封蝋などしない。糊で貼りつけて封をする。封蝋するのは貴族か――王族だ。

「蝋に紋章はあった？」

「それはわかりません」

普通は家の紋章を蝋に刻印する。しかし差出人の名前がない秘密の手紙に、わざわざ身元がわかるような紋章は使わないだろう。

「殿下、ボートンはただの工夫じゃないですよ。領主様が出かけた日に、短銃を持ったそいつがいなくなるなんて、おかしいです」

デリックが確信を持って訴えてくる。

「領主様の身にもしものことがあってはいけない。城には私兵がいますよね？　すぐにでも領主様を追いかけて、同時にボートンの行方を捜した方がいい」

ロブと再会した工事現場で、一人だけフィンレイを意味ありげな目で見ていた男がいたのを思い出す。もしかしたら、あれがボートンだったのかもしれない。

「そのボートンという男は、中肉中背で、年は四十歳くらい、茶褐色の短い髪で――」

フィンレイは記憶を掘り起こしながら、あのときの男の外見を具体的な言葉にした。

「えーと、あ、そうだ、左右の目の大きさが若干ちがっていない？」

「そうです」

ロブが「殿下はボートンをご存じでしたか」と驚いた目で見てくる。

「いや、知らないけれど、工事現場の視察に行ったとき、なんだか意味ありげな目で私を見ていたから、ちょっと印象に残っていたんだ」

ウィルフ派ならばフィンレイを見下す気持ちがあってもおかしくない。あのときの目は、そういう意味だったのだろう。

「二人とも、知らせてくれてありがとう。すぐに手配します」

デリックとロブの手を交互に握って、感謝の意を伝えた。

「だれか、ロブとデリックを連れて役場まで行ってください。いまの話をもう一度してもらって、私が私兵を動かす許可を出したと伝えてください。二人とも、すみませんが、もうしばらく時間をください。ボートンの顔と身体的な特徴を役人に話してもらいたいんです」

「構いませんよ、殿下のためなら」

「ありがとう」

側に控えていた使用人たちに指示を出し、ギルモアを連れて居間に戻った。広げたままだった地図を覗きこむ。

「フレデリックはいまどのあたりだと思います?」

「順調に走っていれば、馬車はこのあたりだと」

土地勘があるギルモアが、迷うことなく街道を指さす。馬車でなく馬で急げば追いつけるだろう。

「いますぐ私が行ってきます」

「フィンレイ様が?」

「フレデリックは護衛を四人連れて行きましたが、領内は治安がいいからと、何者かの襲撃には備えていないかもしれない。ボートンがただ職場を放棄して去って行っただけで、何事もなければそれでいいです。でももしものことを考えると、じっとしてなどいられません。馬で追いかけてみます」

「フィンレイ様がみずから行かれるのは危険です。私兵を行かせましょう」

「いえ、私はボートンに一度会っています。顔を知っていますから、見かけたらわかります。彼は、一見普通の工夫でした。あの感じでフレデリックの一行に近づいてきたら、護衛たちはまず不審には思いません。じゅうぶん近づいてから短銃を使われたら、おしまいです」

フレデリックは、ウィルフがフィンレイに宛てた手紙を持っている。脅迫を受けたという重要な証拠だ。王城に持ちこまれるのを阻止するために、この土地に潜りこませていたボートンに襲撃を命じたとしたら――。

そんな恐ろしいこと、想像したくない。兄が、弟の伴侶を害そうとするなんて。

絶対に防がなければならない。取り越し苦労ならばそれでいい。こんなこと、現実であってほしくないのだから、悪い方へ考えすぎだったと笑い話になってくれた方がいい。けれど、できるだけのことはしたい。フレデリックにもしものことがあったら、フィンレイはもう生きてはいられない。

王都から戻ったら抱きたい、と言ってくれたフレデリック。妻として大切にしてくれ、さらに愛そうとしてくれる人を失いたくない。これからずっと、何年も何十年も、手に手を取って、この城で暮らしていくのだ。

「大至急、馬を用意してください。私は銃を取ってきます」

「銃ですか？」

「丸腰では行けません。とにかく、馬を」

「か、かしこまりました」

ギルモアが慌てて厩番に事情を伝えに行くのを横目に、フィンレイは居間を出た。ジェイとキースには廊下を走らないよう躾けているが、いまばかりは構わずにフィンレイは走った。猟銃が保管されている部屋に行き、自分が一番扱いやすそうな一丁を選ぶ。手入れをしておいてよかった。まさか狩り以外で持ち出すことになるとは、予想もしていなかったけれど。

猟銃を専用の袋に入れ、背中に担ぐ。銃弾を小箱に分けて、上着の隠しに入れた。

「フィンレイ」

呼ばれて振り向けば、扉のところにライアンが立っていた。強張った顔でこちらを見ている。

「狩りに行くの？　ちがうよね」

「ちがう。もしかしたらフレデリックが危ないかもしれないから、追いかけて行くことになった」

サッと顔色を変えて、ライアンが「なにがあったの？」と震える手で縋りついてきた。

「詳しいことはギルモアに聞いて。いまは一刻も早く出発したい。ライアンを子供扱いしているわけじゃないよ。除け者にしているつもりもない。いまは本当に、すぐ行かなくちゃならないんだ」

うん、とライアンが頷く。急いで廊下に出たフィンレイを、ライアンが追ってきた。黙って正面玄関までついてくる。

「フィンレイ様」

ギルモアが待っていた。外にはフィンレイ専用の鞍をつけた馬が、厩から連れてこられている。春に花祭りに参加し、運動不足のせいでその後の筋肉痛が酷かったときに反省し、フィンレイは日常的に乗馬をしたり子供たちと体を使った遊びをしたりして、おなじ過ちを犯さないように努めてきた。時々は遠乗りもしているので、たぶん半日くらいは全力で馬を走らせることができるだろう。

フィンレイはひらりと馬に跨がり、「行ってきます」とギルモアとライアンに告げ、足で馬の腹を蹴った。元気よく走り出す馬に、ちいさく語りかける。

「おまえのご主人様を追いかけるんだよ。できるだけ早く追いつくために、とにかく頑張ってくれ」

馬は理解したのかどうかわからないが、一気に速度を増して城下町を駆け抜けた。

◇

馬車は順調に街道を進んでいた。途中、馬を休ませるために一度だけ休息を取り、ふたたび街道に戻る。

フレデリックは窓から領地を眺めていた。領主として城の周辺以外にも領地内を年中くまなく視察したいところだが、書類仕事も多くてなかなか遠出する時間が取れない。いい機会だと、農地の様子や領民の暮らしぶりなどを見て気づいたことを頭の中に書きこんだ。

急に馬車が速度を緩めたのがわかった。ゆっくりと停車したので、フレデリックは「どうした？」と御者に声をかける。

「領主様、この先で荷馬車が一台、立ち往生しているようです」

窓から顔を出して前方を見遣れば、たしかに道を塞ぐようにして荷馬車が一台、とまっていた。積んでいたのは木材で、一部が荷崩れして道に落ちている。男が一人でそれを荷台に戻そうとしているようだが、複数人の人手が必要そうだった。

「このままでは進めない。何人か手伝いに行ってやれ」

「わかりました」

御者が降りて、護衛兵たちと相談をはじめた。四人のうち三人が荷馬車の方へと歩いて行く。男とあわせて四人だ。短時間で木材は荷台に戻され、縄で厳重に括られる。フレデリックは馬車を降りずに窓から様子を窺っていた。

荷馬車に異常がないかどうか四人で手分けして点検したあと、ぞろぞろとこちらに歩いて戻ってくる。荷馬車の男も一緒だった。

「領主様、この男がお礼を言いたいと申しております」

声をかけられて、フレデリックは馬車の扉を開けた。本音ではこんなところで時間を取りたくないのだが、領民の気持ちを無下にすることはできない。ただし馬車から下りはしなかった。

「領主様、どうもありがとうございました。とても困っておりましたので、助かりました」

男は中肉中背の中年で、平民の農夫が日常的に着ている服を身につけていた。特徴のある顔ではない。茶褐色の短い髪に、おなじ色の瞳。よく見ると左右の目の大きさがすこしだけちがうが、全体的には凡庸《ぼんよう》だ。だが、その目には、ほの暗いものが垣間見えた。

なにかが意識の端に引っかかった。

なんだろう、と内心で首を傾げたとき、ふと男の胸元に視線が吸い寄せられた。左胸が不自然に膨らんでいる。そこになにか入れているのだろうか。

「領主様は、これからどこかへお出かけですか。もし時間がおありなら、オレの牧場を見に来てくれませんか」

「いや、先を急いでいるので、それはまた次の機会に」

「そうですか、それは残念です。オレはぜひ領主様と仲良くしたかったんですが――」

ニヤリと男が笑う。黄色い歯に嫌悪感が湧いたときだった。

「領主様！」

目の前に護衛兵が立ち塞がった。それとほぼ同時に、パンッと乾いた音が響く。なにが起こったのか、すぐにはわからなかった。低く呻きながら護衛兵が地面に倒れる。善良な領民であるはずの中年の男が、右手に短銃を構えて笑っていた。膨らんでいた左胸は平らになっている。

叩きつけるようにして扉が閉じられた。外から力任せに閉じられたのだ。

「出てきてはなりません！」

護衛兵が言い放った直後、またパンパンと銃声が響く。フレデリックは窓を閉め、内側の鍵をかけた。まだ領地内だったことと、護衛を連れてきたことで油断していた。馬車の中には剣しかない。

外では怒号と銃声、そして重いものが地面に落ちる音が続いた。四人の護衛と御者の全員が、たった一人の男に負けるとは思いたくないが、銃が剣に勝ることは明確だ。あの男は短銃を持っていた。フレデリックが護衛に持たせているものとは意匠が違う。見たのは一瞬だったが、銃身に細かな彫刻が施されていた。貴族が好む意匠だ。

あんなものを、一介の農夫が持てるわけがない。ためらいもなく護衛を撃っていたし、近距離とはいえ狙いを外していなかった。おそらく、訓練を受けている。

いったいなぜ。どうして。まさか――。

全身が冷たい汗でじっとりと湿った。しばらくして、外がしんと静かになった。

馬車の扉が、コツコツと軽く叩かれた。

「領主様、ここを開けてください。お話ししたいことがあります」

目の前が暗くなるほどの衝撃だった。護衛兵たちは全員が倒されてしまったようだ。この声は、あの男だ。

「話があるなら、このまま話せ」

「顔を見せてくださいよ」

「断る」

毅然と返事をしたとたんに、パンパンパンと立て続けに銃声が響き、馬車の扉に穴が開いた。鉄板を仕込んだ特別製などではない。ただの木製だ。銃弾が貫通して反対側の扉にも穴を開けた。フレデリックは座席から動けない。

またひとつ銃声が響き、銃弾はとうとう鍵を破壊した。扉が開かれてしまう。

男は片手に短銃を持ってはいたが、血にまみれていた。護衛に剣で切りつけられたのだろう。頭から出血して顔はまだらになり、左半身も服が血に染まっている。

「あまり強引なことはしたくないんですがね」

そう言いながら、男は馬車の中をぐるりと見回す。その視線が、手紙を入れた箱で止まった。狙いはこれか。この男はウィルフの手紙を奪うために襲撃してきたのだ。

「その中には、なにが入っているんですか」

「おまえには関係ない」

「高貴な方の手紙ではないんですか」

「だから、おまえには関係ないと言っている。こんなことをして、ただで済むと思っているのか。すぐに捕まって首をはねられるぞ」

脅しでもなんでもない。本当のことだ。しかし男はフンと鼻で笑った。

「オレは命なんて惜しくないんでね。ただ、あの方の窮地を救いたいだけだ」

「あの方とは、王太子殿下のことか」

「それこそ、あんたには関係ない」

男がフレデリックに銃口を向けた。フレデリックは男を睨みつけたまま、視線を逸らさなかった。ここで死んだとしても、最期は潔く、ディンズデール領の領主にふさわしい態度で死にたかった。

自分亡き後は、ライアンがなんとかしてくれるだろう。まだ九歳だが領主の素質はじゅうぶんだ。心残りは、フィンレイだけだった。幸せにしたいと思っていたのに、悲しませることになってしまう。せめて妻として一度でも抱いてやればよかった。

「あんたはあの方のためにならない。ここで死んでもらうよ」

男が無造作に引き金を引いた。しかし、カチッと金属の音がしただけで、銃弾は飛び出てこなかった。弾切れだ。ギョッとした顔になって、男は服の隠しを空いている左手で探り出す。とっさにフレデリックは足を突き出して男の腹を思い切り蹴った。

「うわぁっ」

男が視界から消えた。馬車に体を半分近く乗り上げていたために、男は盛大に道に転がる。その右手から短銃が離れたのを見て、フレデリックは馬車から飛び降り、周囲に倒れている護衛兵の懐を探った。四人のうち一人にだけ短銃を持たせている。それがあれば形勢逆転だ。

御者も入れた五人が倒れていたが、そのうち三人は息があった。流血して呻いている護衛兵に申し訳なく思いながらも短銃を探す。

「残念だったなぁ」

屈みこんでいたフレデリックの視界に、しっかりと立つ二本の足が入った。顔を上げると、男が短銃をこちらに向けて構えている。簡素な意匠の短銃は、護衛兵のものだ。先に見つけられてしまったらしい。

「これを探しているんだろ?」

男の顔を濡らしていた血は、茶に変色して固まりはじめていた。命の尊厳を歯牙《しが》にもかけない、狂人めいた目がフレデリックを見下ろしている。

やはりここでお終いか。こんなところで。愛する妻と別れの言葉も交せずに。

そのとき、遠くの方から馬が駆けてくる音が聞こえた。

「フレデリーック！」

幻聴か。フィンレイの声のような気がする。

来た道の遠くから、土埃を蹴立てて一頭の馬が駆けてきていた。騎乗《きじょう》しているのは、小柄な黒髪の男。フィンレイだった。馬はほぼ全速力で飛ぶように走っている。

どうしてフィンレイがここにいるのか。まさか追いかけてきたのか。

呆然としているフレデリックと同様に、男も短銃を構えたまま数瞬だけ棒立ちになっていた。この隙に短銃を奪えないかと身動いだら、やはり気づかれて向き直ってくる。

「おまえを始末したあとに、あの脳天気な王子も仕留めてやる。仲良く天国に行けよ。いや、おまえらは王太子殿下に苦痛を与えた重罪人だ。行くのは地獄かな」

笑いながら男が引き金を引こうとした瞬間、ガーンと重い銃声が響き渡った。

それと同時に男がまるで殴られたようによろめく。血で汚れた髪が何本かパラパラと地面に散った。

「な、なんだ？」

男が強張った顔でフィンレイを振り返る。みるみる近づいてくるフィンレイは、馬上で猟銃を構えていた。両手を手綱から離し、鐙に両足を入れた状態で立ち、銃口をこちらに

向けている。照準は、男に定まっているように思えた。

「フレデリックから離れろーっ！」

フィンレイが声の限り叫ぶ。だが男は短銃をふたたびフレデリックに向けた。

ガーン、とまた銃声が轟《とどろ》く。男の大腿部から血飛沫が散った。声もなく地面に崩れ落ちる。その弾みで手から短銃が離れた。フレデリックはすかさずそれを拾いあげ、男に銃口を向けた。

「動くな」

固い声で命じたが、必要なかったかもしれない。男は激痛と出血でなかば気を失いかけていた。

「フレデリック！」

馬を急停止させたフィンレイが、必死の形相で飛び降りた。抱えていた猟銃を放り投げて抱きついてくる。

「ケガしていない？　僕は間に合った？」

「どこにもケガはない。助かったよ。間一髪だった」

どうやってこちらの危機を察知したのか、フィンレイはたったひとりでここまで来たのか、だれも止めなかったのか、危険すぎるだろう——。言いたいことは山ほどあった。でもそれはあとでいい。

「フィンレイ、ありがとう。愛している」

血の気を失っているちいさな唇にくちづけた。黒い瞳が見る間に潤んでくる。あんなに勇ましいことをしてフレデリックを救ってくれたくせに、震えながら黒い瞳を涙で潤ませる人。

「無事で、よかったです……」

泣きながらしがみついてくるフィンレイを、フレデリックは力一杯抱きしめた。

◇

フィンレイは城の正面玄関に子供たちを並ばせ、石畳を進んでくる馬車の音に耳を澄ました。やっとフレデリックが王都から帰ってくる。今日という日を、フレデリックも子供たちも、ギルモアたち使用人も、みんなが待っていた。

ボートンと名乗っていた男がフレデリックを襲撃してから、一月以上が過ぎていた。

あの日、危機を察したフィンレイが駆けつけてボートンからフレデリックを助けることができた。しかし、そのあとも一波乱あった。

四人の護衛兵のうち二人が命を落とした。残りの二人と御者は重傷を負っていたが助かった。ボートンの大腿部はフィンレイが放った銃弾により骨折していた。完治しても元通りには歩けないかもしれないと医師が診断した。

フレデリックはまず王都で待たせているマーティンに事件を知らせ、フレデリック擁護《ようご》派の大臣と貴族に伝えてもらった。王都と手紙で忙しなくやり取りしているあいだに、死亡した護衛兵の家族に慰労金を出す手続きをしたり、負傷した護衛兵と御者にも見舞金を出し、フレデリックが実際に見舞ったりもした。フレデリックは多忙を極めた。

フィンレイは冷静でいることに努め、子供たちといつものように過ごした。使用人たちはギルモアがしっかり監視してくれ、城の中は平和を保つことができていた。

そして十日後、ボートンの傷がいくぶん癒え、王都まで移動が可能となった段階で、犯罪者として移送することになった。

だが、ボートンは王都に着けなかった。移送途中に死んだのだ。服毒死だった。毒を隠し持つことは不可能だったので、何者かが口封じのために渡したのだろう、とだれもが思った。しかしそれがだれだったのか、調べてもわからなかった。

フレデリックは当初の予定より半月以上の遅れで王城へ上がり、ウィルフがフィンレイに宛てた手紙を国王に渡した。ボートンという生き証人がいなくとも、その手紙でじゅうぶんだった。

手紙を見た国王は激怒した。お気に入りのフレデリックが害されそうになったのが怒りの理由ではない。半ば存在を忘れていた第十二王子のフィンレイに、実は特別な愛情を抱いていたわけでもない。次期国王になる予定の王太子が、醜い嫉妬から他人を恨んで理不尽な攻撃を仕掛けたこと、実の弟を道具のように使おうとしたことが許せなかったようだった。

ウィルフは王太子ではなくなった。それだけでなく、王都から追放され、寂《さび》れた土地にある離宮で一生過ごすことを命じられた。

フレデリックには一年間の謹慎が言い渡された。今回の事件においてまったく罪はなかったが、ウィルフ派だった王族や貴族を刺激しないよう、一年間は国の行事に参加せず、自分の領地でおとなしくしているようにというものだ。フレデリックとフィンレイにとってはありがたい命令だった。

「ねえ、フィンレイ、おじうえはまだ？」

「まだなの？」

ジェイとキースが聞いてくる。立ち尽くしているだけでは、子供たちはすぐに飽きる。

「もうすぐだから、頑張って待っていようね」

季節はすでに晩秋。ディンズデール領の秋は、夏同様に短い。落葉樹が次々と葉を落とし、木枯らしが吹いている。フィンレイも子供たちも外套《がいとう》を着て防寒していた。

「あ、ばしゃのおと！」

キースが声を上げた。フィンレイの耳にも石畳の道を馬車が走ってくる音が聞こえる。

にわかに胸がドキドキしてきた。もう二十日もフレデリックの顔を見ていなかった。早く会いたい。早く抱きしめてもらいたい。二十日間も領主不在の城を守ったことも、褒めてもらいたかった。

馬車はフィンレイたちの前にゆっくり止まり、ギルモアが扉を開けた。

夢にまで見たフレデリックが、笑顔で降りてくる。まず子供たちをひとりずつ見つめて、最後にフィンレイを見た。

「おかえりなさい」

それだけしか言えなかった。もう胸が一杯で、なにかが溢れてしまいそうになっている。

「フィンレイ、私が不在のあいだ、しっかりと城を守ってくれてありがとう」

「いえ……」

領主の妻として当然の義務です、これくらいたいしたことではありません、とでも余裕の態度で続ければよかったのだろうが、フィンレイは喉が詰まったように苦しくなって、言葉の代わりに涙が出てしまった。嬉し涙だった。

泣き出したフィンレイを、ジェイとキースが「どうしたの？」と心配そうに見上げてくる。ライアンが気を利かせて双子の手を引いてくれた。そのままナニーとともに城の中に入っていく。

「フィンレイ、泣くな」

フレデリックが抱きしめて、涙を拭いてくれた。

「嬉しくて……」

「私も嬉しい。会いたかった」

「会いたかったです。とても、とても」

「中に入ろう」

肩を抱かれて促され、フィンレイは領主の部屋に連れて行かれた。だれも二人のあとをついてこなかった。旅から戻ったばかりのフレデリックを休ませるために、本来ならギルモアがあれこれと世話を焼くはずなのに、忠実な執事も来なかった。

フレデリックの部屋の、一番奥——寝室まで行き、長椅子に並んで座った。

晩秋の午後、窓からの柔らかな日差しを浴びながら、手の甲にくちづけを受ける。

「フィンレイ、顔をよく見せてくれ。またすこし痩せたか？　もとからちいさな顔が、さらにちいさくなったような気がする」

おおきな手で頬を撫でられ、フィンレイは正直に、「痩せたかもしれません」と答えた。

フレデリックが王都へ旅立ってから、フィンレイはあまり眠れていなかった。護衛兵を十人に増やしていたが、それでも死を恐れない暗殺者がまた忍び寄ってくるかもしれない。ボートンが途中で死んだことを聞いてからは、より良質な睡眠からは遠ざかってしまった。目を閉じると悪夢を見そうで怖かった。

王都に着いてマーティンと合流したと知らせを受けてホッとしたのもつかの間、今度はウィルフが最後の足掻きとしてフレデリックになにかするのではないかと心配だった。フレデリックが投獄されている姿や血の海で倒れている光景を想像してしまい、食事が喉を通らなかった日もあった。

無事に帰ってきてくれて、二十日前と変わらない元気な姿を見ることができ、全身から力が抜けていきそうな安堵感に襲われている。フレデリックが側にいてくれるだけで、心がどんどん満たされていった。

「フィンレイ、もう一月以上も前になるが、私が言ったことを覚えているか？」

至近距離にあるフレデリックの瞳が、熱っぽくなる。頬を撫でていた手が首に下りて、するりと薄い皮膚をなぞるようにして動いた。ぞくっとする未知の感覚が首から背筋へと走る。

「王都から戻り、すべてが片付いたら、あなたを抱いてもいいかと聞いた」

「あ……」

もちろん覚えている。忘れるわけがない。

「あのとき、フィンレイは返事をしてくれなかった。けれど嫌がっているようには見えなかったので、私は勝手に実行しようと決めていた」

フレデリックの指が、フィンレイの唇に触れてきた。まだ再会してから一度もくちづけていない。唇を指先で弄られて、まるでそれが予告のように思えて、心臓がドキドキしてきた。

「抱いてもいいか？」

予想していた言葉なのに、フィンレイははじめて耳にしたような衝撃を覚えた。くらりと目眩がして、それに耐えながら「はい」と掠れた声で返事をした。

「ああ、フィンレイ」

長椅子の上で抱きしめられ、唇が重なってきた。緩く唇を開いて舌を差し出せば、フレデリックが嬉々として吸い上げてくれる。背筋をびりびりと快感が走った。

おたがいの舌を絡めると気持ちいいことを教えてくれたのはフレデリックだ。上顎を舌で撫でられると声が出てしまいそうになることも、くちづけながら首を触られると体が熱くなってしまうことも、全部フレデリックから教わった。

くちづけに夢中になっていると、いつのまにか長椅子に押し倒されていた。服の中に手が滑りこんできて、ギョッとする。慌てて体を起こそうとしたが、上から体重をかけられて動けなかった。

覆い被さっているフレデリックの背後には、カーテンが閉められていない窓がある。鈍い青色をした空が見えていた。

「待って、待ってください。いまですか？　こんな時間に？」

抱かれる覚悟はできている。フィンレイも望んでいる。けれどいますぐとは思わなかった。まだ日が差している。フレデリックは二十日間の不在から帰郷したばかりで、おそらく領主としての雑事が山ほどあるだろう。

寝室にこもって、こんなことをしている場合ではないのではないか。

「フィンレイ、嫌なのか？」

「そうではなくて、私はてっきり夜になってからの話だと……」

「私はもう待てない」

甘い拘束から抜け出そうともがいていたフィンレイは、その切ない訴えに動きをとめた。フレデリックは切羽詰まった表情で、フィンレイの胸元に顔を埋めてくる。

「私はもう後悔したくない」

「フレデリック？」

「自分が死ぬかもしれないという目にあって、はじめてわかった。やりたいと思っていることを後回しにしてもいいことなどないと」

ボートンに銃口を向けられたときのことを言っているのだと、フィンレイは察した。

「人はいつ死ぬかわからない。姉や弟が亡くなったとき、それを思い知ったはずなのに、自分の身に起こることを想像していなかった。フィンレイ、あのとき……私はあなたを抱かずにいたことを激しく後悔した」

ぎゅっといたいほど抱きしめられても、フィンレイはもう抗わなかった。

「私は領主失格だ。これでお終いかもしれないという瞬間、私は領民のことはライアンに任せればきっと大丈夫だろうとしか考えなかった。真っ先に頭に浮かんだのは、フィンレイのことだった――」

「フレデリック……」

「あなたはずっと私に好意を示してくれていた。私もいつしかあなたを愛するようになっていた。あなたのことをこんなに愛しいと思っているのに、どうしてすべてを自分のものにしなかったのか、後悔した。すべてが片付いたらなどと言わずに、もっと早く寝室に誘うべきだった」

抱きしめてくる腕の強さが、心からフィンレイを離したくない、離れたくないと思ってくれているとわかる。

フレデリックの顔を上げさせると、苦しそうに歪んでいた。

「私は領主でありながら、心の中心はあなたになってしまった。もうあなたが憧れてくれた男ではなくなってしまったかもしれない。それでも、妻でいてくれるか？」

領主としての自分に誇りを持っていた人が、みずから「領主失格」だと懺悔した。公人としてでなく、私人としての欲を剥き出しにしてしまった瞬間があったと告白した。それを悔やみつつも、そんな自分を捨てきれない。どうか受け入れてほしいと懇願している。

フィンレイはフレデリックへの愛情が体一杯に膨らんでいくのを感じた。

利己的なところがあることも男としての欲望を抱えていることも、フレデリックは正直にさらけ出してくれたのだ。自分の弱点はここだと見せてくれた夫を、フィンレイはこれからもずっと好きでいられると確信した。

「フレデリック、抱いてください」

いますぐ。

生まれたままの姿になって、なにも持たない人間になって、欲望のすべてを剝き出しにして、求め合いたいと思った。

「フィンレイ、愛している」

「私も、愛しています」

あらためて誓いのようにくちづけられ、フィンレイは寝台に運ばれた。

領主の部屋の寝台に上がるのははじめてではない。けれど、こうした目的で横たわるのは、当然のことながらはじめてで、緊張のあまり全身が強張っている。フレデリックが苦笑して、「明るすぎると思うか?」と聞いてくれた。

暗くしてくれるなら、その方がいい。急いで頷いた。

フレデリックは天蓋《てんがい》の薄布を括っていた紐をほどき、寝台の周囲に広げる。薄闇の状態にはなったが、まだじゅうぶん明るい。窓のカーテンを閉めるつもりはないようだ。つぎにフレデリックは寝台の横にある引き出しから陶器の瓶を取り出した。てのひらに載るくらいのちいさな瓶だ。コルク栓がしてあり、中身がなんなのかわからない。フレデリックはそれを枕元に転がし、フィンレイの上にのし掛かってきた。

　優しく髪をかき上げられながら、またくちづけられる。ついばむような触れ合いから、舌を艶めかしく絡めるものへと変わっていくと、フィンレイはまたその心地よさでいっぱいになり、なにも考えられなくなる。

　気がついたら服の前をはだけられ、腹が剥き出しになっていた。あっと思ったときには下肢も裸にされ、フレデリックの手際のよさに唖然とする。フィンレイとちがって経験が豊富らしい。

　すべてを見られてしまった羞恥《しゅうち》と戸惑いが、理不尽《りふじん》な苛立ちとなってフレデリックに向かった。

　フレデリックはきっとモテたにちがいない。結婚しなかっただけで、数々の浮名を流していたのかもしれない。十三歳も年上で三十歳を過ぎているのだから、いくつかの恋愛を経験していて当たり前とはいえ、過去にどんな人とどんな関わり合い方をしたのか、気になってムカついた。

「フィンレイ、どうした？」

　不愉快な気分が顔に出てしまったようだ。フレデリックが自分の服のボタンを外していた手をとめた。

「……なんでもありません……」

「なんでもないのに、あなたは口を曲げるのか？」

無意識のうちに、ぐっと口角を下げてしまっていたらしい。

「私はさっそくなにか気に入らないことをしてしまったようだ。今日はもうやめておくか？」

「それは、嫌です。ダメです」

「だったら、不機嫌な顔をしている理由を教えてくれ」

とめていた手をふたたび動かし、フレデリックが服を脱ぐ。男らしい筋肉質の体が現れ、フィンレイは陶然と見つめてしまった。骨格から細く、鍛えても筋肉がつかないフィンレイにとって、フレデリックは理想の体型の持ち主だった。

そしてためらいもなく下穿きも取り去り、フレデリックは全裸になる。ついつい股間に目が行ってしまい、はっきり見てしまったあとで慌てて視線を逸らした。

とても立派なものだった。フィンレイとはなにもかもがちがう。同性との結婚が決まったとき、いちおう性交については学んできた。なにをどうするか、どうすればいいかは知っている。ただ実技の経験が皆無だ。

果たしてちゃんとできるだろうか、と一気に不安になってきた。

「どうした？　こんどは顔色が悪くなってきたな」

「……で、できるかどうか、心配です。できなくても、私を嫌いにならないでくださいね。だれにでも、はじめてのときはあるのだと長い目で見てもらえたら……」

くすりと笑って、フレデリックが頬にくちづけてきた。

「あなたは本当に可愛い人だな」

体を重ねてきたフレデリックの背中に、フィンレイは縋りつくように両腕を回す。素肌同士を触れ合わせると、たまらない幸福感に包まれた。いまここにいるフレデリックは、フィンレイだけのものだ。

「さあ、不機嫌の理由は？」

どうしても聞き出したいようだ。仕方がないので、胸の内に湧いたささやかな嫉妬心を打ち明けた。フレデリックは、「そんなことが気になるのか？」と戸惑い気味だ。

「たしかにこの年までだれとも親密な関係ではなかったとは言わない。しかしいまはもう、あなた以外は考えられないのだから、できれば気にしないでもらいたい」

「ですよね。ごめんなさい」

「フィンレイはどうなんだ」

「はい？」

「もう十八だろう。いままでいい人はいなかったのか？」

「いるわけないです。だって、僕は十歳のときにフレデリックを王城で見かけて以来、ほかのだれにも心を動かされることなくずっと――」

「私のために、純潔を守ってきてくれたのか」

喜色を浮かべるフレデリックに、「単にモテなかっただけ」と言えず、フィンレイは曖昧に笑った。もう過去はどうでもいい。いまこうして二人でいられる幸せを噛みしめたい。

フレデリックの手が、フィンレイの腹を撫でた。

「力を抜いて。そう。すべて私に任せて。あなたは横たわっているだけでいい」

未知の行為への恐れに、つい体が強張りそうになってしまう。フレデリックはそんなフィンレイを宥めるように、何度もくちづけて、体中に優しく触れてくれた。

フレデリックは性急ではなかった。根気強く、初体験のフィンレイの気持ちに寄り添ってくれた。

「愛している、あなただけだ」

何度も何度も耳元で愛を囁いてくれる。しだいに無駄な力が抜けていき、開かれた両足のあいだにフレデリックが腰を置いても、すべてを委ねる気持ちは揺らがなかった。

「あっ、ああ！」

半ば勃ち上がっていた性器を、フレデリックに握られる。はじめて他人に触れられて、羞恥と快感に身悶えた。

「あなたはこんなところまで可愛いな」

　変なことを言いながら、フレデリックが手を動かす。自分でするよりも、何倍も何十倍も気持ちよかった。みっともなく喘いでしまいそうで口をぐっと閉じていたら、フレデリックの指で唇をこじ開けられた。

「声をこらえないで」

「やだ、やだぁ」

「なにが、嫌なんだ？　私にこうされるのが嫌？」

「ちが、そうじゃ……ああっ」

　胸に吸いつかれて驚いた。男同士なのに、そんなところも弄るなんて思ってもいなかった。舌でねろねろと舐めねぶられて、むず痒さにまた身悶える。左右の胸を交互に吸われ、フィンレイはわけがわからないうちに射精まで導かれた。

　とくんとくん、と自身の腹に溜まっていく白濁。フレデリックの手によって最後の一滴まで絞り出されて、「あ、あ、あ」と喘がされた。

　全身から力が抜けて、呆然と四肢を投げ出す。手でされただけで、魂が奪われたような脱力感に襲われている。性交はこれだけではないという知識がなければ、このまま眠ってしまいたいくらいだった。

「あの、ごめ、なさ……僕……こんな……自分だけ」

「謝らなくていい。じっとしていなさい」

フレデリックが枕元の小瓶を手に取った。コルク栓を抜いて小瓶を逆さにすると、とろりとした琥珀色の液体が垂れてくる。甘い香りが寝台に広がった。その液体を、フレデリックはてのひらに受け、フィンレイの尻の谷間に塗り広げた。

「あ、なに、それ……」

「香油だ。専用のものらしいから、体に害はないだろう」

ぬるぬるとフレデリックの指が尻だけでなく股間全体を這い回る。香油が体温で温まったのか、どんどん香りが強くなっていき、フィンレイはしだいに酔ったような心地になった。

「あー……っ」

香油で濡れたフレデリックの指が、穴を見つけてぬるりと入ってきた。

「痛いか？」

ううん、と首を横に振る。ゆっくりと出入りする指に、最初は違和感しかなかった。けれど続けられるうちに、不思議な感覚が生まれてくる。

「大丈夫のようだな」

指を増やすぞ、と言われて頷くこと二回。フレデリックの指が三本入るようになったときには、フィンレイは泣きじゃくっていた。

「そこ、もうしないで、しないで」

「どうして？　気持ちいいんだろう？」

「やだ、それやだぁ」

淫《みだ》らな粘着音を立てて、指がそこを撫でる。フィンレイは嬌声《きょうせい》を上げて背筋をのけ反らせた。涙が勝手にこぼれて敷布に落ちる。

「気持ちいいんだね、フィンレイ。可愛い」

フレデリックはフィンレイに体重をかけて動けないようにして、そこを飽きずに指で弄り続けている。

「ああ、ああ、ああっ」

体の内側にそうした場所があると、学んではいた。けれどそれは所詮ただの知識でしかなく、経験してはじめて意味がわかった。体の内側のそこを明確な意図でもってねっとりと撫でられ、一気に射精感が高まる。でももう出すものがなくなってしまっていて、フィンレイは過ぎる快感に苦しんだ。

後ろに入れた指で感じさせられながら性器を扱かれ、もう二回も絞り出されている。こんなに立て続けに達したことなどなく、射精できない辛さというものがこの世にはあるのだと教えられた。知りたくなかった。

フィンレイは「酷い」と泣いて抗議したが、フレデリックは「可愛い」と涙と鼻水でぐしゃぐしゃになっている顔にくちづけてきた。

とうに窓の外は日が落ちて夜になっており、寝室は暗い。扉の横にランプがひとつ灯っているだけだ。このランプをいつだれがここに置いたのか、フィンレイは知らない。途切れず与えられる快楽を追うのに必死で、寝台の外へ意識が向かう余地がなかった。

「もうじゅうぶんか」

やっと指が抜かれた。ホッとしていたら、綻びきって開いているそこにフレデリックの屹立《きつりつ》があてがわれる。

「私を入れてもいいか？」

いいも悪いもない。ようやく体を繋げてもらえる。力が入らない手を伸ばし、フレデリックにしがみついた。三本の指よりも太くて長くて熱いものがゆっくりと入ってくる。

「ああ……っ！」

苦しい。でも嬉しい。好き。好き。大好き。愛している。

突き進んでくる熱塊《ねっかい》を受け止め、フィンレイは喜びの声を上げた。

「んっ、あっ、ああ」

香油のぬめりを借りて、剛直は根元までフィンレイの中に収まった。どくんどくんと脈打つものが、自分の心臓以外にあることが不思議だった。

「動いても大丈夫そうか？」

いちいち聞いてくるのは気遣われているからとわかっていても、下腹だけでなく胸まで一杯で、ろくな返事ができない。

「き、聞かなくて、いいです」

「私の好きなようにしてしまうぞ？」

「好きに、してください」

もう散々好きにされた。フレデリックはフッと笑うと、緩く腰を揺さぶった。振動が背筋を伝って全身を心地よくする。静かに動き出したフレデリックの腕に、フィンレイは腕を絡めた。

指でじゅうぶんすぎるほど解されて開発されていたそこは敏感になっていて、屹立でまんべんなく擦られると蕩けるような快感を生んだ。

「ああ、ああ、ああ、ああっ」

「フィンレイ、私のものだ、もう私だけの……くっ」

フレデリックが低く呻く。それが艶っぽくて、耳から感じた。粘膜が勝手に反応し、体内の屹立を締めつける。その固さと熱にまた快感が深まり、もう射精できないはずなのに絶頂に達する。

「あーっ、いや、やーっ、ああーっ」

がくがくと腰が震えた。フレデリックのものがさらに膨張したように感じてのけ反る。

「フィンレイ、んっ、く、そんなにしたら……っ」

　小刻みに奥を突かれ、感じるところを抉るようにされ、頭が痺れたようになる。激しい快感にもみくちゃにされ、どこまでが自分でどこからがフレデリックなのかわからなくなった。

「フィン、レイ……！」

　体の奥でなにかが弾けた。熱いものが中を濡らしていく。フレデリックがため息をつきながら、脱力してのし掛かってきた。

　フレデリックが欲望を解放して、体液を放ったのだとわかった。自分の体で気持ちよくなってくれたことが嬉しくて、フィンレイはその逞しい体を抱きしめる。重いはずなのに、心がふわふわして、幸せで、二人の体がこのまま溶け合ってひとつになっていきそうな気がした。

　しばらくしてフレデリックが体を起こした。繋がりを解こうとする。抜け出そうとするものを引き留めたくて、フィンレイは両足をフレデリックの腰に絡めた。まだ繋がっていたい。いなくならないでほしい。

「フレデリ……、おねが……もっと……」

「あなたは本当に可愛い」

　萎えかけていたそれがぶわっと膨らんだ。粘膜を押し広げられてフィンレイは「ああっ」

と腰をくねらせる。汗が滲んだ肌をフレデリックの両手が這い回り、胸の尖りを指で摘まんだ。

「あうっ」

鋭い快感が走り、のけ反るようにすると、突き出された胸にフレデリックが吸いついた。逞しさを増したものがふたたび粘膜をかき回しはじめる。深く浅く突かれながら胸を舐められ、歯で擦るようにされ、フィンレイは声もなく絶頂に達した。そこが痙攣して、フレデリックを複雑に引き絞る。

「くっ……」

締めつけに逆らうように激しく奥を抉られ、また上ってしまう。射精しないままに何度も頂《いただき》に押し上げられて、気が遠くなった。

「愛している……」

僕も、と答えられたかどうか。

何度目かの愛の証を体の奥に注ぎこまれたあと、フィンレイは気を失うようにして眠りに落ちた。

◇

領主としての仕事を終えると、フレデリックは役場を出た。城の居住部分に移動し、まずは双子の様子を見に行く。今日はフィンレイとライアンは外出していた。

「おじうえー、おかえりなさいー」

「もうおしごとおわったの？」

ナニーと遊んでいたジェイとキースが、フレデリックの姿を見つけて駆け寄ってくる。足にしがみついてくる二人のふわふわの茶色い巻き毛を撫でてやった。

「仕事は終わった。もうすぐフィンレイとライアンが帰ってくるだろうから、向こうで待っていよう」

フレデリックの提案に、「はーい」といい返事をして、ナニーとともに居間に移った。

ローリーがお茶の支度をして待っていた。のんびりとお茶を飲みながら、フレデリックはナニーから今日の様子を聞く。双子はおやつのクッキーを食べていた。

「フィンレイ様とライアン様がお戻りです」

ギルモアが知らせに来てくれて、みんなで裏口に行った。

「ただいま、フレデリック」

そこには髪をくしゃくしゃに乱して枯葉を絡ませた外套姿のフィンレイとライアンがいた。フレデリックより先に厨房の料理長が到着していて、足下に置かれた山鳩三羽と子鹿一頭の状態を観察している。山鳩も子鹿も、見事に目を撃ち抜かれていた。

「相変わらず、見事ですな。フィンレイ様の狩りの腕前は、本当にたいしたものです」

料理長に褒められて、フィンレイは照れくさそうに笑った。その隣で、ライアンは尊敬のまなざしを向けている。

「おかえり、フィンレイ、ライアン。二人ともケガはないか？」

「うん、大丈夫」

にこっと笑ったフィンレイは血色もよく、どこも具合は悪くなさそうだ。

季節は冬を迎えている。ディンズデール領は真冬に積雪があり、かなり冷える地域だ。本格的に雪が積もりはじめるまでのあいだ、すこし狩りをしたいとフィンレイが言い出したため、フレデリックは許可した。

フィンレイの銃の腕は一級だ。騎乗しながらボートンの足を撃った腕は、まぐれなどなどではなく本物だろう。

狩りの腕を鈍らせてはもったいない。フィンレイがやりたいと言うなら、やらせようと許可した。その話を聞いて同行したいと言い出したのはライアンだ。どうやら祖父の血を継いだようで、狩りに行ってみたくてうずうずしていた。フレデリックはそれも許した。狩りを覚えておいて損はない。貴族としての嗜みだし、山や森で学ぶこともあるだろう。

ただし、護衛兵はつける。冬眠前の熊に出くわすことがあるかもしれないし、ケガをして動けなくなるかもしれない。二人とも心配だった。

二人が狩りに出たのは、これで三度目になる。毎回、フィンレイは素晴らしい成果を持って帰ってきて、料理長はそれを使ってご馳走を作ってくれた。

「それでは、お二方とも湯浴みなさってきてください」

ギルモアに指示を出されて、フィンレイとライアンがそれぞれ自分の部屋へと歩いていく。フレデリックは双子をナニーに任せ、フィンレイのあとを追った。

すこし遅れて領主の妻の部屋に行くと、フィンレイが服をつぎつぎと脱ぎ捨てて使用人に渡しているところだった。隣の浴室では、浴槽に湯が溜められている。

フィンレイが肌着だけになったところで、フレデリックは使用人たちを「あとは私がやるから」と追い出した。いつものことなので、使用人たちは従順に部屋を出て行く。

「手伝ってくれるの？」

振り向いたフィンレイの髪から枯葉を取り除いてやり、フレデリックは華奢な体を抱きしめる。あらためて、「おかえり」とくちづけた。

「ただいま」

フィンレイが甘えたようにしなだれかかってきて、フレデリックの鼻先や頬にくちづけを返してくれた。可愛い。可愛くてたまらない。

フレデリックは今夜が楽しみでたまらなかった。明日は休養日だ。役場は閉まる。休みの前夜は、思う存分、夫婦としての睦み合いをする習慣ができつつあった。ついニヤニヤしてしまったら、フィンレイが唇を尖らせ、ちょっと頬を赤く染めながら、「なにを考えているの？　いやらしい笑い方」と咎めてくる。

「だいたい想像がつくんじゃないのか？　私は仕事以外のときは、フィンレイのことばかり考えている。つぎはどうやって愛してあげようかとか、どうやって気持ちよくさせようかと――」

「三日に一度はしているのに」

「それだけでは足りない」

「もういい。お風呂はひとりで入るから」

ツンと唇を尖らせて、フィンレイは逃げるように浴室に入ってしまった。扉が音をたてて閉められる。けれど鍵まではかけられなかった。可愛い人だ。初々しさは、はじめて抱いた日から変わっていない。

あの日――王都から戻り、はじめてフィンレイを抱いた日、フレデリックは溜めに溜めた欲望を爆発させてしまった。昼過ぎからはじまった情事は日が暮れても続き、いつしか夜中になっていた。気を失ったフィンレイもフレデリックも体液と香油で汚れていて、寝台もひどいありさまだった。

夕食も取らずに寝室にこもっていたので、ギルモアがたびたび様子を窺いに来てくれていたらしい。頃合いを見て声をかけてくれ、浴室の準備を整えてくれた。意識を飛ばしたままのフィンレイを、フレデリックが湯浴みさせているあいだに、ギルモアとローリーが素早く寝台を整えてくれた。

きれいになった寝具に戻り、フィンレイを抱きしめて眠りについた。

翌朝のフィンレイには困った。やり過ぎた自覚はあったが、フィンレイも求めてくれていたから、まさか怒るとは思ってもいなかった。腰が立たなくなっていたフィンレイはすべてをフレデリックのせいにして寝室から追い出し、立てこもった。

前日の午後からなにも食べていないフィンレイにそっと食事を差し入れしつつ、これ以上の怒りを買わないよう、下手に出まくって、謝罪と愛の言葉を繰り返した。それでもなかなかまともに会話をしてくれなかった。

普通に話してくれるようになったのは、翌日の夜だ。やっと立ち歩けるようになったフィンレイは寝室から出てきて、フレデリックを許してくれた。

それ以来、何度か抱いたが、腰が立たなくなるまではしないように気を遣っている。狩りを許したのも、フィンレイのご機嫌を取るためだった。

フィンレイが可愛くて仕方がない。怒らせたり、悲しませたりしたくなかった。いつも楽しそうに笑っていてほしい。それだけだ。

フレデリックはそっと浴室の扉を開けた。浴槽に浸かり、フィンレイは体を伸ばしている。こちらをちらりと見て、「なに？」と聞いてきた。

「あなたの忠実なしもべが、湯浴みのお手伝いをしたいと申しております」

「……許す」

顎をそらしながらも、フィンレイの口元が笑っていた。フレデリックは、自分の鼻の下がデレッと伸びたことを自覚している。愛がそうさせるのだ。

フレデリックはシャツの腕をまくり、ズボンの裾を折り、浴槽の横に屈みこんだ。

「髪を洗ってあげようか」

「嬉しい」

輝く笑顔にトスッと胸を射貫かれる。もう何度目になるかわからないくらい、毎日、何度も恋に落ちるのだ。

艶やかな黒髪に湯をかけると、フィンレイがうっとりしたように目を閉じる。たまらなくなってくちづけた。触れるだけのつもりだったのに、フィンレイのいたずらな舌が伸びてきてフレデリックを誘う。ついつい深いくちづけに発展してしまった。

「ん、ん、ん」

鼻から漏れる甘い息に、フレデリックは浴槽に乗り上げる。服が濡れるのも構わず、愛する妻を抱きしめてさらにくちづけたのだった。

おわり

■あとがき■

こんにちは、名倉和希です。はじめましての方も、いつも読んでくださっている方も、ショコラ文庫「初恋王子の甘くない新婚生活」を手に取ってくださって、ありがとうございます。

市井育ちの元気な王子フィンレイと、品行方正で大人だけど頭が固めの領主フレデリックとの、結婚からはじまる恋の話です。

話の中で、フィンレイは成長して大人になっていきます。試練が人を育てるわけですね。恋に恋する少年から、生涯の伴侶を心から愛し敬い、手を携えて生きていこうと思える青年へと変化していくわけです。

フレデリックも、立場上、結婚に夢を見ていなかったし、責任ある仕事と甥っ子たちの養育でいっぱいいっぱい。自分の恋愛どころではない。そこに王子が嫁いできて、思いがけず心根の良い子で甥っ子たちが懐き、自分もいつしか惹かれてしまい、ひとつの家族としてまとまっていきます。

甘くない新婚生活が、いつしか甘ったる～い新婚生活になっていくわけです。今後、フレデリックはフィンレイを溺愛していくことでしょう。はじめての真剣な恋愛にとち狂い、暇さえあればフィンレイの体を求めてやりまくり、ベッドから起き上がれなくさせて甥っ子たちに怒られそうです。

イラストは尾賀トモ先生にお願いしました。可愛いフィンレイとカッコいいフレデリック、そして思い描いていたとおりの愛らしい子供たち！　送られてくるイラストにテンションが爆上がりでした。ありがとうございました。

今回、かつてないほどに改稿を繰り返し、担当さんに面倒をかけてしまいました。すみませんでした。反省しています。これに懲りずに今後も付き合ってください。よろしくお願いします。難産だった原稿が無事に本になれそうで嬉しいです。

読者のみなさま、初恋王子の恋バナはどうでしたでしょうか。ひとことでもいいので、感想を聞かせてもらえると、単純な名倉は小躍りするほど喜びます。

それでは、またどこかでお会いしましょう。

名倉和希

初出
「初恋王子の甘くない新婚生活」書き下ろし

CHOCOLAT
BUNKO

この本を読んでのご意見、ご感想をお寄せ下さい。
作者への手紙もお待ちしております。

あて先
〒171-0014東京都豊島区池袋2-41-6
第一シャンボールビル 7階
（株）心交社　ショコラ編集部

初恋王子の甘くない新婚生活

2020年8月20日　第1刷
2023年4月10日　第2刷

著　者:名倉和希
発行者:林 高弘
発行所:株式会社　心交社
〒171-0014　東京都豊島区池袋2-41-6
第一シャンボールビル 7階
(編集)03-3980-6337 (営業)03-3959-6169
http://www.chocolat_novels.com/
印刷所:図書印刷 株式会社